細川幽斎
虹彩奇譚

表紙デザイン　中川哲子デザイン室

はじめに

　この物語は、水前寺成趣園を完成させた肥後三代藩主細川綱利が、一人で水前寺成趣園を訪ねたところから始まる。細川家の永い歴史を舞台にした物語りである。

細川家は、七百年の歴史があって、足利一族であるが、中世足利義季の時代に三河の国、現在の愛知県の細川郷（岡崎市細川町）を治めた頃から、土地の「細川」姓を名乗ることとなる。

　中世における細川一族は、足利幕府の「管領」を務めるなど、足利幕府を支える中心的役割をはたしている。

　しかし、足利幕府が倒れると、細川本家、本流は影を潜めるなか、存在感を増してきたのは、細川幽斎である。

　幽斎は、天下布武を掲げ天下統一を目指す信長につき、京都長岡京や、丹後宮津、田辺地方を治めることになるが、社会は、戦国時代、激動の時代が続く。

　本能寺の変、やがて関ヶ原の戦など、一族一家や家臣、領民まで不安と苦悩のなかで、どう生きるかという時代でもあったろう。

当主の決断が一族を守り、領民を守ることに直結する時代でもある。

織田、豊臣、徳川時代を生き抜くなかでの物語りである。細川家にまつわる物語りは、京都を抜きには語れない。京都、豊前、豊後、そして肥後熊本へ。二百四十年の肥後統治は、数え切れない多くの文化遺産を残しながら、熊本の大きな礎えを築いてくれた。その一つが水前寺成趣園である。

その水前寺成趣園の一隅には、初代幽斎が、丹後田辺城で、生死の境にあるなかで、その心境を後陽成天皇に送った歌が掲げられている。

「いにしえも　今もかわらぬ　世の中に
　こころの種を残す　言の葉　」

歴史に造詣深い筆者は、しっかりした歴史考証にたって、細川家に関する深い研究と、熱い思いをもって上梓されている。本書は、その心意気が伝わってくる貴重な郷土の宝物である。

吉丸良治
（熊本県文化協会会長・公益財団法人永青文庫常務理事）

細川幽斎　虹彩奇譚　目次

第二章　忠隆

第三章　綱利

（斜体文字は養子）

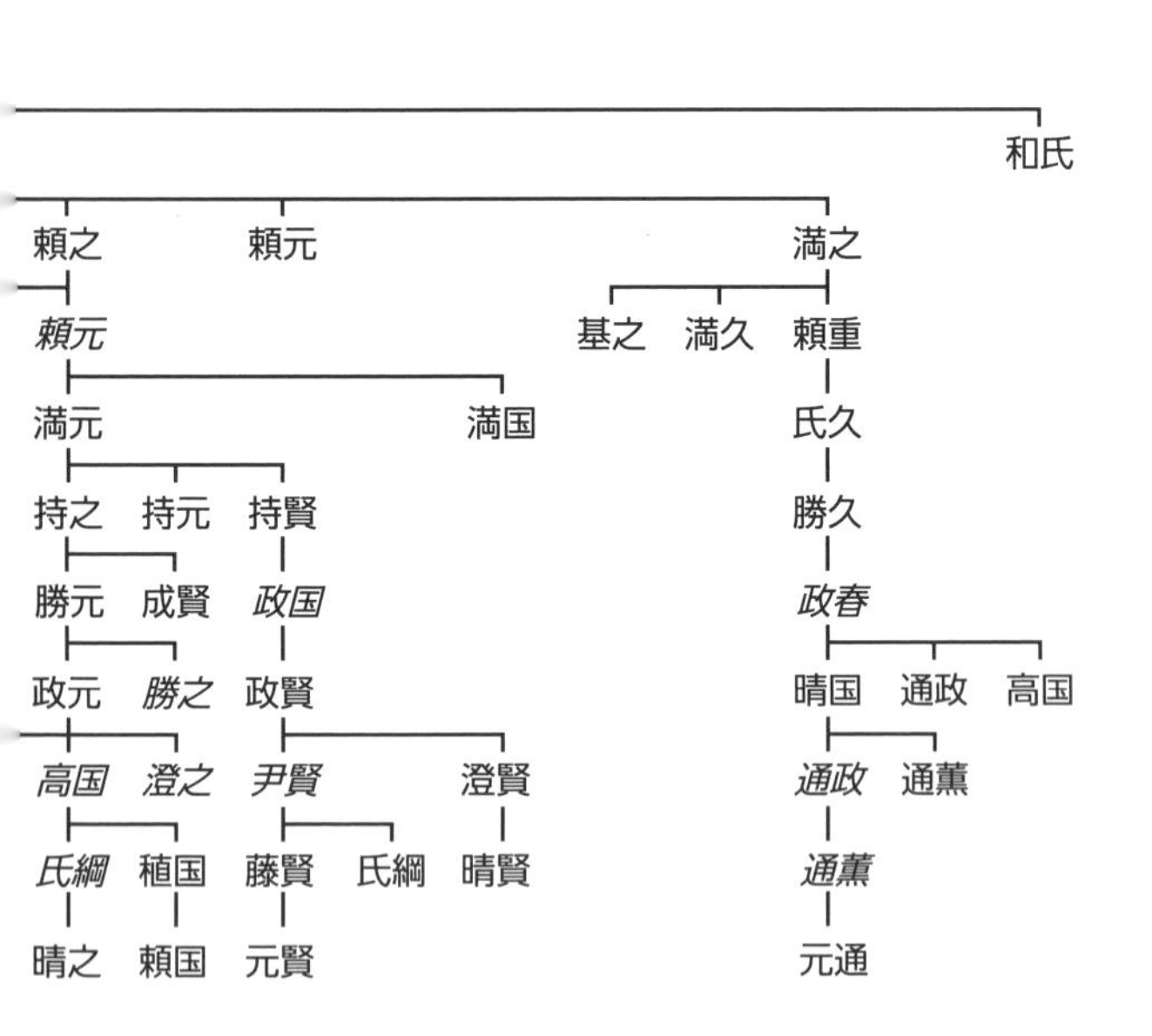
和氏
頼之
頼元
満之
頼元
基之
満久
頼重
満元
満国
氏久
持之
持元
持賢
勝久
勝元
成賢
政国
政春
政元
勝之
政賢
晴国
通政
高国
高国
澄之
尹賢
澄賢
通政
通薫
氏綱
稙国
藤賢
氏綱
晴賢
通薫
晴之
頼国
元賢
元通

細川家家系図

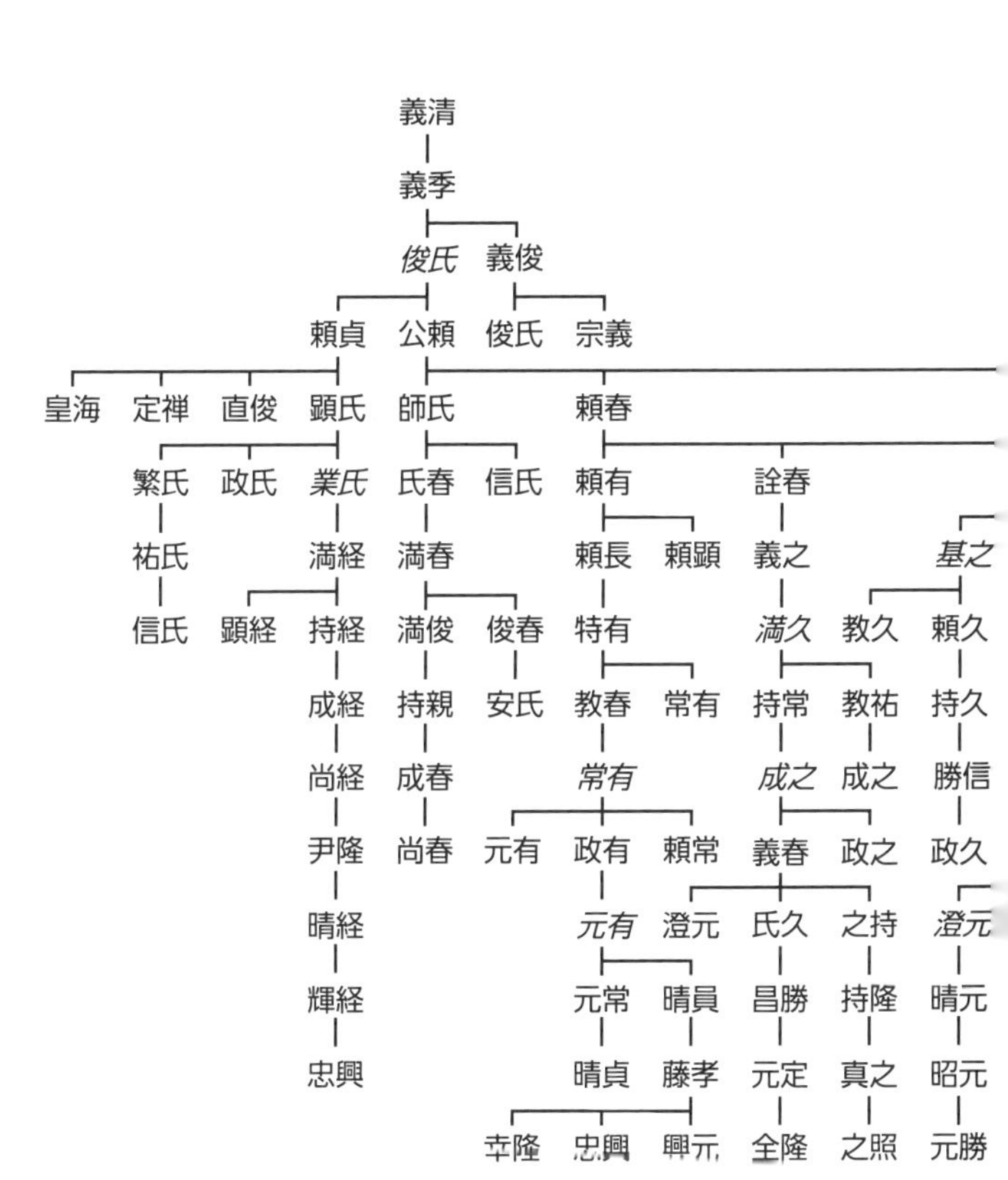

義清
義季
俊氏
義俊
頼貞
公頼
俊氏
宗義
皇海
定禅
直俊
顕氏
師氏
頼春
繁氏
政氏
業氏
氏春
信氏
頼有
詮春
祐氏
満経
満春
頼長
頼顕
義之
基之
信氏
顕経
持経
満俊
俊春
特有
満久
教久
頼久
成経
持親
安氏
教春
常有
持常
教祐
持久
尚経
成春
常有
成之
成之
勝信
尹隆
尚春
元有
政有
頼常
義春
政之
政久
晴経
元有
澄元
氏久
之持
澄元
輝経
元常
晴員
昌勝
持隆
晴元
忠興
晴貞
藤孝
元定
真之
昭元
幸隆
忠興
興元
全隆
之照
元勝

肥後細川家家系図（数字は歴代藩主）

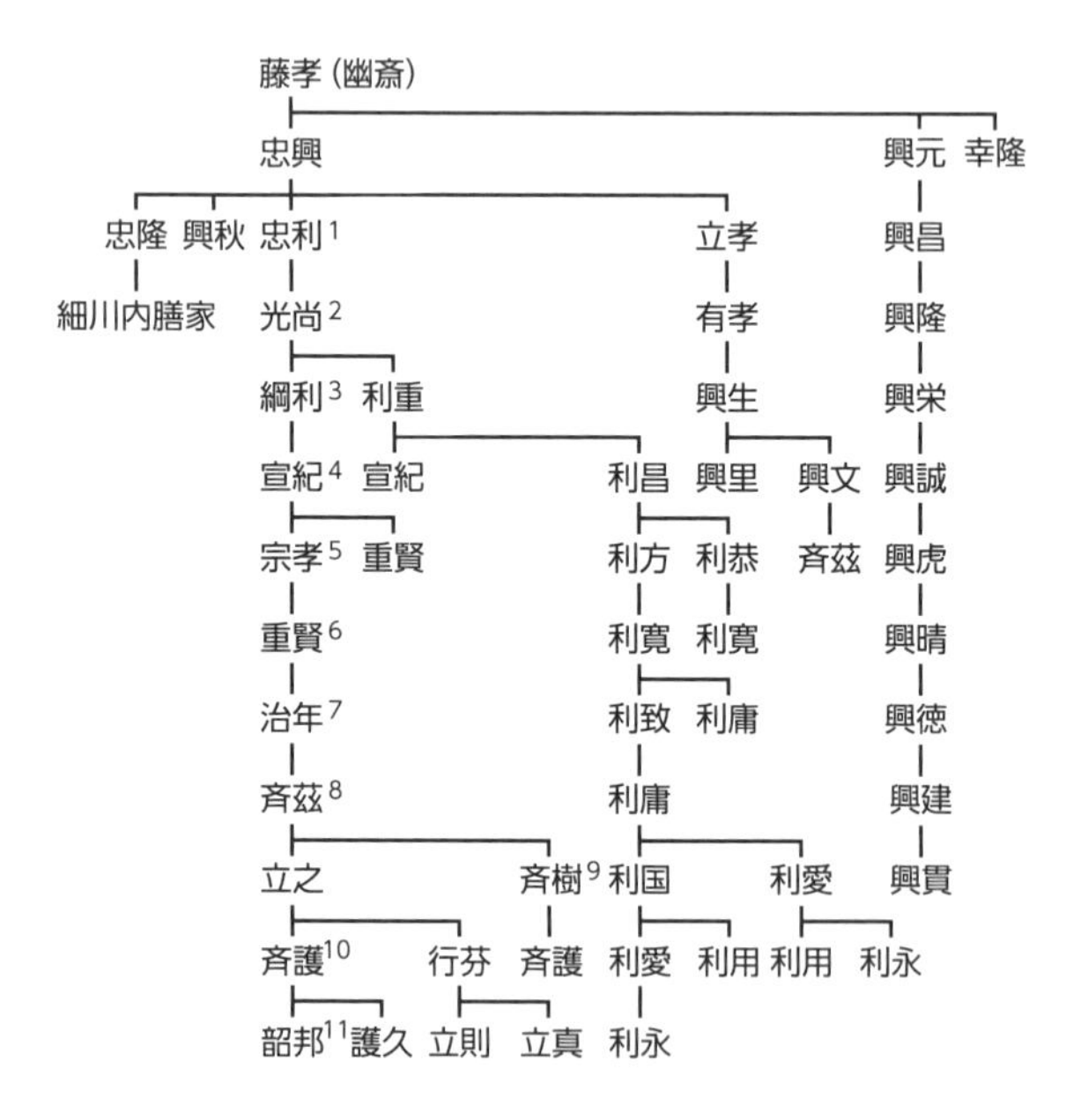

第一章　幽斎と忠興

成趣園

春の夕べ。泉水の縁は、寒風から解放された陽の名ごりが漂い、気持ちのよいものである。水前寺の成趣園に綱利は一人で来ていた。綱利は今年で六十五歳になる。

今年の新春、幕府から細川家にとって吉兆な沙汰が下っていた。一昨年来、幕府に細川家家督相続の養子縁組の許可を申請していたが、認可するとの報せが届いたのである。

綱利の後継者は、肥後新田藩主細川利重の二男、宣紀である。綱利には嫡男が二人いたが、兄の与一郎、弟の吉利とも早世してしまい、細川としては家督相続が大きな問題となっていた。

今では、嫡男喪失もしくは末期縁組など、ある程度は相続を認める幕府法度となっていたが、以前なら即改易理由となりうる事態でもあった。綱利にとっても同じで、幼児期に父を失い、幕府との駆け引きの中で、やっと藩を継承した過去があった。

綱利は常日頃から「父上（光尚）が居なければ、私は細川の家督を無事に継承できただろうか」と感じていた。光尚が他界した時、綱利はわずか六歳であった。当時の幕府法度からすれば、改易になる可能性が高かった。

徳川幕府が決めた「法度」と呼ばれる遵守すべき約定があり、各藩が「法度」を守らない場合は、減易、改易などの措置が下された。藩主は他家にお預け、家臣は浪人となる。実際、関ヶ原の戦い以降、二百八十もの藩が改易となっていた。福島正則など、幕府に届けずに居城修復したことで、お取り潰しとなった例もある。光尚の晩年に至っても、状況が大きく変わることはなく、幕府の管理体制はかなり厳しいものであった。

肥後二代藩主の光尚は、命の尽きる前に大胆な策を施した。光尚は「肥後領地返上」を、幕府宛に申請文書として提出するのである。光尚の遺言とでもいう申請文書である。年若い嫡男の場合、幕府の事務的対応だけでは、細川家は改易になる可能性が高かった。

光尚の書いた申請文書が実に面白い。

「このたび、肥後を支配監督するには、次期藩主が若すぎて難しい状態であると判断する。よって領地を返上したいので、よろしく頼む」

普通に嘆願書を書くのであれば、「次期藩主は年若い嫡男ではあるが、肥後細川藩は家康公よりご愛顧を頂き、徳川家の繁栄のために尽力し…つきましては、綱利を次期藩主として…」となるが、光尚は逆説的な手法を展開した。

細川家臣団も、浪人になるかも知れぬ切迫さもあって、江戸で有力幕臣への交渉に奔走している。幕府内でも細川議論が沸騰した。ただ細川藩には、あの時代であっても、関ヶ原の功績の余韻と禁裏における人脈が残っていた。

結果、慶安三年（一六五〇）四月十八日、徳川幕府は綱利の細川家相続を認める。しかし、肥後藩の支配は幕府目附が担当し、顧問に小倉藩の小笠原忠真がつくことになった。

綱利は、宵の迫る成趣園の木立に一人で佇んでいた。最近、とくに歳を取ったと感じるばかりだ。西山に傾く光が、泉水の池面に残照の輝きを揺らし続けている。綱利の脳裏には、父の光尚が死期を悟っていたからこその行動であったとの思いが強かった。

幕府からの認可状の一節には「貴殿の申し出、神妙である」と書かれていた。つまり「幕府に対し、そこまで気を遣い、素晴らしい心構えである」ということである。細川家の作戦勝ちであったし、幕府側には権力と奢りが満ちていた。

あの時の政治的駆引きは、槍や刀を交わす戦場と同格の策略ではなかったのかと、綱利は思った。父上だから画き、果たせたことだった。光尚が亡くなったとき、綱利は六歳という若年であった。しかも江戸で生まれ、江戸で細川の家督を相続する。成長する間は、幕府目附が肥後支配を監視し、領地を知らぬまま成人した。

綱利は、父上から肥後のことや、細川の辿った歴史をもっと聞いてみたかったと何度思ったことか。そして綱利が肥後に初めて入国したとき、肥後気質というものに触れることになる。つまり、肥後人とは、江戸屋敷の家人らとは、まったく違う人々だったのだ。ただ綱利も肥後の国主である以上、肥後に馴染む努力が必要であった。

寛文三年（一六六三）、綱利は実弟細川利重に五千石を分与。さらに、寛文六年（一六六六）には、改めて三万五千石を分け与え、熊本新田藩を立藩させている。熊本新田藩は定府（参勤交代を行わず、江戸に屋敷を構え生活のすべてを江戸で行う）とし、江戸鉄砲洲に屋敷を設けることになった。今回の細川家督養子縁組も、その新田藩主利重の二男宣紀を迎えることにしたのだ。

成趣園にたたずんでいると、水辺から見える夕空が少しずつ茜色に彩られていく。そばの酔月亭は、皐月の宵月から降り注ぐ柔らかな輝きを待ちわびているかのように、橙の光沢で染められていた。

今夜は、ここで宣紀と会うことになっている。まだ時はある。しばらく散策することにするか。それが、この園名になっている「帰去來辞」の一節の意味そのものだから。

そう思い綱利が、ゆるゆると木立の間から踏み出すと、西陽の残照の中に、皐月の熱気を感じてしまうほどであった。水鳥たちも寝床に帰るか、夕暮れの水浴びを楽しんでいる。生きとし生けるものすべてが、それぞれの生命を輝かせていた。

綱利が酔月亭の横にある石橋に差しかかると、青鷺が湖面を掠め暮れゆく空へ飛翔した。ふと見上げると、築山の富士山が残照で燃えている。なぜか、心の中に大叔父興秋のことが甦ってくる。

しかし、自分の知る興秋叔父の真実は、口が裂けても言えぬ家規とされていた。寛永十九年、当時八代の隠居所に居られた三斎公から懇願され、大叔父である忠隆様が京から訪れる。八代での用件も終わり、京への帰る道すがら、忠隆様は熊本にお寄りになる。そこで、父である光尚様にお会いなされたことがあった。

それは、忠利公が他界され日も浅いが故に、若き父と会い、藩政を司る苦労を激励するためであった。そのとき、忠隆様より父へ、ある文書が渡された。それは、現在も細川家の秘蔵文書とされている。

『ここに記することは極秘とし、藩主、及び筆頭家老松井家のみで封印し、他の者に知らせてはならぬものとする。また今後、歴代藩主及び相続していく筆頭家老のみの周知事項として保秘することを規するものである。細川家の歩んできた道程の中には、生きるも死ぬるも自らの意志で選ぶことのできぬ者が居たことを忘れてはならぬ。寛永十九年秋、細川忠興次男である細川興秋は、下益城郡北部田にある摂取寺で生存しており、名を海雲という。かの地に居るもすべて幽斎様のご指示によるもの。また、摂取寺は、細川家中の者で、戦などで命を失った者への永代供養を行なうことを使命としている。ただ寺領など持たぬ貧困寺であるが故に、細川家から毎年永代供養料を下げくだし、細川家の栄華を祈念し、熊本、八代の共存安寧を図るを役目とするものである』

綱利は、肥後入国したとき、この文書を八代の松井興長から見せられ、衝撃を受けたことを思い出した。江戸では、興秋叔父は細川家の反逆者だと聞かされていたからである。冷静に考えるなら、興秋叔父は本能寺以降、三斎公と玉子様（ガラシャ）との間に生まれた愛の結晶であった。母から愛され、ついにはキリシタンの洗礼まで受けた叔父であったが、この二人は時代に翻弄され、悲運を受け入れることで一族としての役割を果たしてきた。

細川は、確かに乱れた世に生き残り、ついには肥後を手にするまでになったが、それまで幾多の苦しみと悲しみの中にあったことか。

白昼夢

最近、体調が優れず横になっていた幽斎（藤孝）が浅い眠りにつくたびに、苦しかったころの出来事が甦ってくる。

思い出すのは、三好長慶が没してから後のことであるが、あの乱世に巻き込まれた人々にとって、どんな意味のある死があったのか。疑いと後悔の念だけが頭の中で激しく巡り、幽斎の心に暗い影を落としていた。

幕府に仕官し足利義輝を支え、長慶存命の時期には何度も義輝様と近江に逃げ延びた。しかし、長慶が亡くなると、今までの力の均衡が砕け散ってしまった。

永禄八年（一五六五）、長慶の元家臣で三好三人衆の一人である松永久秀が起こした「永禄の変」で、支え続けていた将軍、足利義輝はあっさり暗殺されてしまう。自分は、幸いにもその場に居合わせなかった。

（もし、同席していたならば…）

と思わずにはいられなかった。その後直ちに次期将軍を擁立するため、実兄の三淵藤英と協力し、大和興福寺にいる義輝の弟義昭の救出へと走った。

幸い義昭の身柄を確保することができ、三淵藤英に義昭の身を託したあとは、義昭への協力者を得るために各地に出向いた。近江の六角氏、若狭の武田氏、越前の朝倉氏など、昼となく夜となく歩いては交渉を続けた。

ちょうど越前に出向いたときだった。気の許せる人物と出会う。明智光秀である。そのころの光秀は、朝倉氏に仕えており、藤孝の訴えに耳を傾けてくれた。幽斎の白昼夢に現れる越前の光秀は、颯爽とした若武者であった。

不思議だったのは、光秀が口を利いてやると約束した相手が、主君朝倉氏ではなく、尾張の織田信長だったことである。光秀の感覚では、新しい時代を切り開くのは、信長だという思いがあったのだろう。

「幽斎様、お体のお具合は…」

ふと幽斎が目を開くと、孫の忠隆が脇に座して、顔を覗き込んでいる。

忠隆は忠興の嫡男であったが、最近では忠興から勘当の身となっていた。

それには理由があった。関ヶ原の戦いの直前、石田三成が豊臣家に忠誠を誓わせるため、大坂に居た各大名たちの妻子を人質として確保する。その流れの中で大坂玉造の細川屋敷を石田勢が襲撃、忠隆の母玉子は自害し、細川家の意地を見せたものの、同居していた忠隆の妻千世だけは宇喜田屋敷に逃げ込み、わが身を守ったことが問題視された。

武士の妻として許されぬ千世の振る舞いであると、忠隆は責任を問われることになったのだ。

そんな忠隆が、最近は時折祖父の元を訪れる。

「おう、忠隆か。夢を見とったぞ」

幽斎は、額にうっすらとにじんだ汗を拭きながら、笑みをもらした。

「ほお、夢でござりますか。幽斎様の夢とはいかがなるもので」

忠隆は、想像つかぬという口調で問い返した。

寝所には、先程から鴨川の夕風が時折吹き込んでくる。幽斎は、風にあたりながら、白昼夢で甦った出来事を忠隆に語り始めた。

光秀は、藤孝の願いに応え、信長に引き合わせてくれた。そして、義昭の将軍職復帰が順調に動き出すように見えた。

時代の成りようというものは、自己の利益を優先する者は命を失い、他者の利益を望む者は生かされることを、藤孝はつくづくと感じていた。

永禄十一年（一五六八）九月、足利義昭を奉じて信長が上洛する。藤孝も義昭の幕臣として随行し、入京を果たす。その後、義昭の支えとしての職務は果たすものの、次第に信長に惹かれていく自分がいた。

藤孝は、信長に会うたび、今まで触れ合ってきた人たちとはまるで異なる感覚を覚えた。

（やり方も、この数年前のものとは異なる…）

不思議な感覚が日々、藤孝の心中でふくらんだ。

ある日、藤孝は信長に乞われ、戦いに加わった。「永禄の変」を首謀した三好三人衆の一人、岩成友通の勝竜寺城攻めである。戦いは藤孝たちの勝利となり、前将軍義輝の弔いともなった。

しかし、その後、将軍足利義昭と織田信長との不仲が表面化し、それも日に日に度が増していくのである。歴代将軍の世にもたびたび起きた出来事であったが、義輝が暗殺されたのも、己が欲と独善的な覇権行使が原因であった。

すでに当時、幽斎と実兄である三淵藤英は、信長との出会いから、時代の大転換期がすぐそこまで来ているという高揚感を感じとっていた。二人の感覚は、義輝が暗殺された時、政治的打開を図るため大和奈良に駆け出した時から、次第に心の中で大きく広がり始めていた。

今の疲弊した時代と決別するためにはどうすべきなのか。幽斎と藤英は、一族の生き残りもかけ、大博打を仕掛けることにする。足利義昭には連枝の三淵藤英がつき、織田信長には細川藤孝が味方するという構図である。どちらが敗れても、同族血統は維持できる。だが、血を分けた兄弟にとっては、今生の別れでもあった。運良く命あらば、京での再会を誓い合っての別れであった。

そして天正元年（一五七三）三月、織田信長は軍勢を率いて、改めて上洛を果たす。藤孝は都の入口に出向き、路に平伏して信長を迎えた。そんな藤孝を見て、信長は喜んだという。この時、和泉国上守護である細川元常養子の細川藤孝の血統が生き残ることになる。

一方、足利義昭と三淵藤英は京から追放となる。ついに足利幕府は終焉となり、室町幕府は歴史の霧の中に姿を消してしまった。

この年の七月、藤孝は信長から山城国桂川西側の長岡の土地を知行地として賜る。この日から藤孝は、長岡姓に改め、長岡藤孝と名乗る。その後、これまでの幕臣としての政治的役割を捨て、武将としての働きを主とする。淀城の戦い、山城石山合戦、紀州征伐、黒井城の戦いなどに没頭し、戦場にのみ魂を躍動させていた。

天正五年（一五七七）、藤孝は明智光秀と共に、亡き長慶の家臣松永久秀の大和信貴山城を攻略し、松永弾正を撃破する。この時の二人は、血の通った兄弟の如く戦った。

ただ、京に居るときの藤孝は、武人とは違う有職故実なる世界に生きていた。この年、藤孝四十三歳、信長の推挙をもって大納言となる。

同じ頃、公家の三条西実枝から特別の申し出があった。藤孝は、当時すでに有職故実の識者であり、とくに歌道に長けていた。実枝の申し出というのは、歌道の真義である「古今伝授」の秘儀を藤孝に継承してほしいというものである。

実枝の嫡子公国は幼く、「古今伝授」までには年月が必要であった。そこで、藤孝が継承し、時が来たら公国に伝承してほしいという願いである。実枝の要求は、それだけに止まらず、一子相伝の秘事であるがゆえ、藤孝の家族にも伝授してはならぬという条件付きであった。

藤孝は、実枝の願いのすべてを受け入れる。実枝は、三条西家を訪れた藤孝の返事を聞くと、その場で即座に藤孝に初学一葉を与えることとなる。

幽斎の夢。

夏の宵、川面に濡れ風、沸き立たせ。

儚き旅路に戯ぶれ遊ぶ。


いつの間にか、幽斎の言葉が消えたかと思うと、かすかに寝息を立てるようになった。蒸しあがる夏夕の空気は、幽斎の額に汗を滲ませている。

忠隆は団扇を手にとると、ゆるゆると幽斎の寝顔に濡れた風を送り続けた。

天正六年（一五七八）、光秀から申し出があった。藤孝は、何事かと思い光秀に問えば、縁談だという。

「そう、縁談じゃ…」

光秀は、笑いをこらえるように言い返してきた。

「そなたの話は、皆目なにを言いたいのかわからぬ。縁談とは誰の話じゃ」

藤孝は少し怒気のこもった口調で言い返した。

「そちが息子忠興と拙者の玉とのことじゃ」

光秀はまじめな面持ちで、言い放った。

いま思えば光秀の申し出は、細川を期待している証しである。信長様の信頼の篤い二人である。忙しい日々も二人で過ごしている。光秀の娘玉子は東海では評判の美人でもあった。まさに良縁である。


忠隆は幽斎の汗で濡れた寝顔が、笑っているように見えた。

（隠居様がお笑いになっておられる）

忠隆もそんな幽斎を見ていると心が軽くなる。幾度も戦いを経た人が、これだけ素直に笑うお顔を今まで見ることなどなかった。

（隠居様は、よほど楽しい夢を見てらっしゃるのだろう）

すっかり陽も落ちた。忠隆は、川風を送りながら、次第にこれまでの自分に対する幽斎の厚情に思いをはせていた。

慶長五年（一六〇〇）の師走に入る頃である。京都では寒が厳しくなっており、父忠興とのこじれた親子関係の中で、忠隆は妻千世と今後の身の振り方に行き詰まっていた。

そんな時、突然幽斎から忠隆に出向くようにと書状が届いた。忠隆は、祖父からの呼び出しは、所詮、父と変わらぬ内容と思いながらも小川屋敷の隠居所に出向いた。

「忠隆、おぬしは今回のことを如何に思っておる…」

座敷の火鉢には鉄瓶がのせられ、湯の沸く音がはじけるように部屋中にこだましていた。ただその沸音が、切迫した忠隆の今に似ていた。

「幽斎様、私は千世が悪いことをしたとは思えませぬ。確かに母上を残し自分だけ生き残ったことに対し父上の怒りもあるかと思いますが、千世の言い分も聞くべきかと…」

「ほほ――千世の言い分とな」

「関ヶ原も勝利となり、拙者も丹波など残党狩りにしばられており帰京するのが遅れておりました。やっと京に戻るや、すぐさま千世を探し出し、事の真相を問いただしたのです。すると『宇喜多屋敷へ逃げよ』と命じたのは母上だと言うのです」

幽斎は静かに忠隆の顔を見ている。ただ少しだけ目元が笑っているかのような優しさもあった。

忠隆は続ける。

「母上は石田勢が屋敷を取り囲む寸前、千世と話され『死ぬのは我が身だけでよろしい。千世殿はすぐさま屋敷から立ち退き、宇喜多屋敷の豪姫のもとへ走られよ』と命じられたとのこと。私もなぜ母上が千世を逃したのか、それはわかりませんが、千世が後日このように責められることになるとは…」

「確かに、おぬしが言うことにも理解は及ぶ。しかし、時勢を考えてみると、以前から徳川様のもっとも警戒されていたのが前田利長であったことは、おぬしもわかるであろう。何故なら太閤殿下ご存命の折には前田家は、豊臣家に対し強い影響力があった。しかし、太閤殿下が亡くなられた直後、内府殿暗殺の謀略が発覚し、その首謀者として利長殿の名が出てしまった。すれば関ヶ原に至るまでの中で内府様の前田家に対する不信感は、唯一まつ殿が担うことで許されたと見てもよい」

忠隆はそのことがなぜ千世との離縁につながるのかがわからなかった。

「幽斎様、それはわかっております。ただ利長様はそんな大それた謀略をされる方ではないと…」

「まてまて、おぬしの判断を問いただしておるのではない。その策謀を利長殿がやらなかったにしろ、内府様は、前田を征伐する大義と掲げてしまわれたことが重要なことなのじゃ」

幽斎の顔にはもどかしさが浮かんでいた。

「ならば内府様にとって、その策謀を理由に利長様を追い詰めて何の利益があるのでしょうか。むしろ前田家を味方に引き込まれた方が良かったかと思えます」

「前田家を味方にするならば、実はもっと面倒なことになるとおぬしは思わぬか」

　幽斎の口調にはもどかしさが滲んでいた。

「どのような意味でしょうか」

「前田は五大老の筆頭、すれば太閤殿下亡き後、誰が前田を操りたかったか、おぬしにはわかるか」

「石田治部少輔…」

　忠隆はもしやと幽斎の顔に目線を這わせながら答えた。

「そうじゃ。内府様は前田を暗殺謀略の首謀者として嫌疑をかけることで、公の場で徳川に対して私欲なきことを述べさせた。そのことで、前田家の勢いを抑え、利長を利用しようという思いの強かった淀殿たちの力を弱め、三成らの独善的欲も封殺していくことにもつながったと考えるべきなのじゃ。わしはな、さすがに内府様だったと思ったのじゃよ…」

　幽斎の話は充分に忠隆にも理解できた。

　忠隆は幽斎から聞かされる生々しい政治の世界が、身近に迫っていることを改めて知らされた。そして先読みが甘いと、わが身を滅ぼすことになると言われている気がした。

また幽斎と接していると、父越中の苛烈な性格は、祖父と共に生きた、苦悩の年月の中で生まれたのではないかと思えた。

「忠興は関ヶ原の後、この問題が大きくなる前に細川として前田と速やかに離縁することで、世間に対しけじめを示すことができ、それが今後の細川のためには必須だと思っていたはずだ。それがために、おぬしに離別を求めた。だが、おぬしは離縁どころか、そのとき前田家に仲介を懇願している。そのことは、細川への反逆行為だと忠興には思えたに違いない…。しばらくは忠興と会うことはせず、内府様たちの反応を見極めることが必要かと思う。今でも徳川は前田家の監視を続けている。最近では、忠興に内府様から玉造事件について改めて、所見を聞かれたと報告が届いている」

確かにそうであった。京都で千世と交信し（直接会うことは遠慮していたが）、忠興との関係修復を模索する中、いきなり父から「細川家と千世とは離縁」と命じられた。

忠隆がこの命を受けて気になったのが、「細川家と前田家の離縁」、つまり、前田家との決別と聞こえたことだ。その頃、徳川からの詰問があったのかもしれない。その後、父の命に背く自分の言動が漏れたのか、父との面会すら禁止となってしまった。

仕方なく忠隆は、利長に取りなしてもらおうと数名の家臣と加賀に向かったのだ。途中、丹後福知山近くの細川の支城高守城を訪ねた。城主に旧知の荒木善兵衛が赴任しており、温かい接待を受けた。

そんな山城に、いきなり京都の前田屋敷から千世が数名の侍女と共に押しかけて来たのだ。忠隆は戸惑うものの、千世との一年ぶりの再会は嬉しかった。

ただ、二人が高守城に居るとの情報は、すぐに忠興に伝わり、直ちに城からの退去を命ぜられてしまう。二人は、数名の家臣たちと共に加賀を目指した。

だが、前田利長は忠隆と千世との面会が家康の勘気に触れることを恐れ、加賀金沢に踏み込むことすら許さなかった。金沢近郊の道筋にはすでに利長の家臣たちが待ち受け、利長の伝言を淡々と読み聴かせるだけであった。

「幽斎様、いろいろとお気遣い頂き恐縮至極でございます。まだまだ未熟な私ではございますが、これからの生き方を考えますとき、思慮の深さが身を守り、また家を守ることにつながるように思えてきました」

「おお忠隆、そう思えたか」

幽斎は微笑みながら答えた。すると、座敷の襖が開き、祖母の麝香が部屋に入ってきた。

「忠隆殿、長旅でお疲れのご様子、千世殿共にこの屋敷にお越しくだされ。まずはゆっくりとされ、疲れを癒されてみては。そうそう、最近千世殿には、なんでもお子が授かられたとか」

幽斎は、麝香の「子が授かった」という話に驚愕した表情を見せたが、すぐに頷き「そうか、そうか、禄も失って生活も苦しかろう。今夜から当屋敷に来ればよい」

幽斎の言葉に、忠隆は涙が溢れて仕方がなかった。幽斎のもとを辞すると、すぐに千世を前田屋敷から受け出し、家臣数名と共に小川屋敷に世話になることになった。

だが、運命は思った以上に忠隆には酷であった。数日後、忠興から「忠隆廃嫡」の知らせが届いたのである。

幽斎から知らされるに及んで、忠隆は父の勘気を煽り立てた責任は自らにあるという思いが胸を焦がした。ただ不思議なことに、誰が細川宗家の次なる後継嫡子となるかは書状には記されていない。書面からは、宗家嫡子の立場に返り咲く可能性も残されている。明日を信じたいという気持ちも、わずかだが残っていた。

しかし、忠興の性格から考えると、内府様の気分を重んじ、細川宗家嫡子は幕府の意向に沿うという政治的背景があることは間違いなかった。

知らせの後、幽斎は忠隆にある提案をした。

「廃嫡の沙汰をもらい、心が激しく沸騰することだろう。だが、時代の流れを無視して生きようとすれば、時代の波の中に消されていくことにもなる。確かにおぬしら夫婦の生き様が、忠興の勘気に触れたことが直接的な原因であるにしても、今は次の時代を視野に入れて生きるしかあるまい」

「幽斎様、優しきお言葉を頂き、かたじけなく思っております。私の不行き届きな判断が、今を招いたこと――。廃嫡も致し方ありませぬ」

さすがに幽斎からの励まし溢れる言葉を聴くと、心が震えだし、悔しさと悲しみが溶け合うような口調になってしまった。忠隆の握り締めた拳も小刻みに震え続けていた。

「その覚悟見事である。おぬしはたった今、わしの眼の前で細川宗家嫡子として腹を切ったも同然、天晴れである」

覇気のある野太い幽斎の声が座敷中に響いた。いつの間にか幽斎も涙が頬を伝っていた。襖の向こうでは麝香と千世のすすり泣く声があった。

「忠隆、これから長岡と名乗るがよい。わしも若い時、信長様に仕えて一国を賜ったが、その初任地が長岡であった。細川でなくなった今だからこそ長岡姓を名乗り、細川宗家を支えることを仕事とすべきかと思う」

幽斎は、涙に濡れた頬を拭きながら言葉強く語った。

忠隆は、長岡姓に細川の原点があることは以前から知っていた。そもそも、幽斎本人が「長岡」と名乗って今の細川家を作り上げている。「長岡」を名乗ることは、本来の細川に立ち戻ることになる。今の自分には、ほかに選ぶ道はないと思えた。

慶長五年（一六〇〇）十一月、徳川幕府は関ヶ原の論功行賞を行い、細川家は豊前一国と豊後の二郡を賜ることとなった。石高は丹後時代に比べ二倍となり、三十九万九千石の大名となった。

九州豊前への細川家移封が始まったのが師走になってからで、そんな情報を耳にするたびに、小川屋敷の忠隆は士気の高ぶりを覚えてしかたなかった。

ところが、忠隆の言動を忠興周辺では感づいたのか、忠興から「豊前豊後に足を踏み入れること無用。入国すれば切腹申し付ける」との沙汰が届いた。

忠隆としては、家督の喪失は、すでに決定されたことであったが、密かに忠興から豊前に来いと指示があることを期待していた。だが、その願いは、忠興からの書状で潰えた。

その時忠隆には、自分が長岡姓にふさわしい人物になることだけが、心の支えとなっていた。

九州豊前

年も明けた慶長六年（一六〇一）の二月、幽斎が病に倒れてしまう。原因がわからぬまま、臥した幽斎の意識も朦朧となる。熱で魘（うな）される顔には、粘りある汗が滲み、危険な状態となっていた。

麝香は、すぐさま豊前の忠興に幽斎の病状を知らせ、千世と忠隆で必死に看病した。

幸い幽斎は宮家との永年にわたる親交があったおかげで、八条宮家から朝鮮人参や唐渡来の薬草などが届けられた。一般の民などでは考えられぬ手厚い治療が幽斎に施された。

幽斎危篤の書面に最も驚愕したのが、忠興であった。日頃どうも本音のわからぬ家康から中津、豊前を論功行賞として貰い受けた直後でもある。増封転地は細川家としてみれば喜ぶべきことであるが、京から遠く離れた九州への移封は、手放しで喜ぶべきものではなかった。

太閤殿下時代からの旧知の大名たちの中には、取り潰しや改易によって消え去った者も数多い。細川ですら、いつ徳川から切り捨てられるかもわからず、家康に気を遣う日々が続いた。政治に長けた幽斎に万一の事があれば、生き残るための判断を単独でできるか、忠興には不安であった。

忠興はすぐさま、弟興元や二男興秋と共に、幽斎見舞の趣旨を徳川家に説明し、上洛の願いがかなえられることになる。

小川屋敷の幽斎は、上洛した忠興一行と面会した。幸いにもその頃には幽斎は、布団の上に起き上がれるまでに回復していた。しかし忠興は、麝香の「忠隆と会ってほしい」という願いを聞くことはなく、忠隆と会うことは拒否し続けたのである。

同行の興元や興秋たちは、密かに忠隆と面会したものの、忠興の頑固さは歯がゆくてしょうがなかった。忠興は、忠隆や千世に会うことは、徳川になんらかの口実を与えかねないことを心配していた。

この年、忠隆と千世との間に玉のような男子が授かった。男子の誕生に小川屋敷は大いに盛り上がり、昨年の廃嫡仕置きで暗くなっていた雰囲気が一気に明るくなった。

細川家では、誕生した男子には「熊千代」と命名することが恒例であったが、忠隆は宗家に気を遣い、その名を使うことを躊躇した。すると幽斎から提案があり、幽斎自らが「名づけ」したということで「熊千代」と命名したのである。

忠隆は、幽斎の配慮がうれしかった。自らは忠興から廃嫡を下知された立場であったが、細川宗家の幼名を使うことができただけでも、未来に明かりが差したようであった。

熊千代誕生から一ヵ月。ようやく幽斎の病状も目に見えて回復した。ただ忠隆と千世にとっては、幽斎の体調が戻れば戻るほど、京まで来ていた忠興に面会できないことがもどかしかった。

とくに千世は、玉造屋敷での真相を伝えたいという気持ちが強く、忠興に直接謝罪をしたいと願った。だが、二人とも忠興に会えなかった。それが天の意思なのか、それとも乗り越えなければならぬ試練なのか、若い二人は運命に翻弄されることにあせりを感じていた。

そんな時だった。江戸の芳春院から千世に書状が届いた。

「千世殿、江戸で前田家の証人として日々つとめる母ではありますが、まずは長子の誕生はおめでたいことだと、お祝い申し上げます。また千世殿の産褥後の回復は如何かとも心痛んでおります。この一年、江戸表には細川様の風聞も聞えており、忠隆殿と縁を続けることが、これからの二人のためになるという千世殿の考えを案じております。また今後、千世殿には細川家と前田家の狭間でご苦労かけると心配しております。何かあれば母に文を頂ければと。また江戸前田屋敷に居る村井長次には、諸々頼み入っております」

千世は母から届いた書状の通り、身の振り方を考える時期に来ていることはわかっていた。ただ忠隆の深い愛情と幽斎、麝香の支えもあり、自ら耐え抜く覚悟があれば、乗り切れるような気がしていた。

千世の心情がわかったのか、麝香は芳春院からの書状の内容を幽斎にも伝えた。まだ病床に居た幽斎もその話を聞くや、すぐさま筆と紙を床まで運ばせ、芳春院への書簡を書き出したのである。

便りをしたためてから、一ヵ月も経とうかというころ、江戸から幽斎あてに返事が届いた。しかし、幽斎はしばらく手元に置き、忠隆たちには内容は伏せたまま、徳川の様子をみることにした。

病が完全に治癒した慶長六年（一六〇一）の秋、幽斎は京を発ち、豊前に視察の旅に出向いた。忠興から懇願に近い視察要請があったのも理由であったが、細川家一族が現地でどのようにしているかを確認したかった。

また幽斎は、今回の転封の意味するものを確かめておきたかったが、忠興の差配の是非を問いただすことも必要と思っていた。幽斎にとっては当然のことで、丹後の国替えの時にも実行していたやり方であった。

小倉に出向いてみると、すでに一族内で不満が噴出している。数ヵ月前、京まで忠興と一緒に見舞いに出向いてきた興元ですら挨拶に出向かない。不審に思い問いただしてみると、忠興ともめ、小倉城代の役目を放棄して、隣藩の黒田家に出奔していたのである。

興元としては、関ヶ原での論功評価が、忠興ばかりに重きを置かれたことに不満を抱いていた。豊前豊後に赴任してみれば、忠興からは一切気を遣ってもらうわけでもなく、一兵卒の如く扱われたことが怒髪天を衝く心境だったようだ。

忠興三十八歳、興元三十四歳。徳川から存在を認められた武人であり、細川の中心に居る二人である。松井康之の支えはあるにしても、興元の不満がもたらす危惧は底知れないものがあった。

改めて忠興と今後の対応を話すものの、兄弟の反目は収まらず、興元に養子として出していた忠興の二男興秋を興元の代役として小倉城城代として据えることになった。

幽斎は、このような一族の争い事こそ徳川から見れば細川の落ち度、いや墓穴になる可能性もあると危惧した。忠興の折れない性格が心配の種である。こうなれば幽斎自ら手を打つことでしか、興元を険悪な状況から逃れさせる方法はないと思えた。

幽斎は急ぎ京に帰り、小倉での顛末を麝香、忠隆に話し聞かせた。あわせて、黒田家に逗留していた興元を京に呼び戻すことにした。この処置に対して、幽斎は忠興に書簡を送り、了解を得るという布石を打ってのことである。

こうして、取りあえず興元を堺の妙国寺に預かってもらい、しばらく兄弟喧嘩の熱を冷ますことにした。さらに、興元が妙国寺で修行する間、興元の妻いとを小川屋敷で預かることにした。

忠興大病

慶長七年（一六〇二）、翌八年（一六〇三）と、細川一族には安寧な月日が流れた。忠隆と千世、興元の妻いとも小川屋敷で幽斎夫婦のもとで心安らかな日々を過ごした。今までの一族内でのいざこざが嘘のようで、忠隆は幽斎と共に能楽、和歌を楽しみ、公家たちとの交際も深まった。女方も麝香を中心に和やかな輪の中にあり、平穏な生活が続いた。

だが、この二年間、世の中は大きく変化した。家康が征夷大将軍に任じられ、江戸幕府を開く。慶長八年には豊臣家を差し置いて、名実共に天下統一へ向けた動きを始めていたのである。

忠興は、徳川政権誕生の流れの中で、豊後中津から小倉に拠点を移していた。今までの豊臣政権時代と変わり、「お国」は「藩」と呼ばれるようになった。制度そのものも、「国取り」と呼ばれていた自領制度から大名、小名と区別された封建制度に移り変わる。全国の大名領地は、江戸幕府による「藩制度」で管理された。諸藩の大名は、藩管理の権利のみが幕府から下されていたに過ぎない。

徳川幕府による新しい知行地管理体制が始まった慶長九年（一六〇四）の春先、忠興が大病に陥る。病は、盛夏に至っても快癒しなかった。

忠興大病という知らせはすぐさま江戸に届く。旧太閤殿下恩顧の大名を潰すことをもくろんでいた家康ですら肝を冷やす出来事であった。家康は秀忠に命じて急いで対策を講じることになる。

まだ徳川の天下は日が浅い。九州や西国の押さえの要として豊前に転封させた細川当主に万一のことがあれば、外様と親藩との勢力バランスが崩れることは一目瞭然であった。とりわけ、薩摩島津家に対する最大の重石が維持できない可能性がある。当主他界に至る前に、嫡子に家督を早々に相続させておかねば、政権維持にも支障が起きかねなかった。

幕閣たちは秀忠と協議し、空席となっている細川嫡子問題を病気見舞いという口実をもとに、病床の忠興に押し付けることにした。ただし、徳川側にとって一番都合のいい人物を家督相続させることが必須である。結果的に、秀忠お気に入りの忠利を見舞い使者と共に小倉へ下向させたのである。

幕府の決定に忠興は激怒するものの、今更何も言えない立場となった細川とすれば、無条件で受け入れるしかない。細川一門が、丹後から豊前、豊後への転封の段取りなどにかまけている間、忠利は秀忠に取り入ることができたのである。

病床の忠興が、仕方なく忠利の家督相続申請を江戸の秀忠に送ると、すぐさま小倉の忠利に秀忠から書簡が送られてきた。文面には「忠利が細川の新当主になることを父上忠興が認めてくれたことは良かった」と祝辞を書き連ねてあった。

逆に細川側には争いの火種が残った。忠利の家督相続に不満を持つ兄の興秋がいたことである。忠興の弟に当たる興元に養子として出された興秋ではあったが、忠利の兄であるという自負もあり、細川宗家に事あらば、興元との養子関係を破棄してでも本家に戻る覚悟はできていた。しかも、長男であった忠隆の廃嫡という事変もあり、「いつか自分が」という思いもあった。

だが、忠興が家督相続者として選んだのは弟の忠利であった。忠利は関ヶ原では、江戸に証人として出府中で戦いの手柄など皆無である。興秋には江戸受けが良いということだけで評価されることが納得できず、不愉快であった。興秋にとっては、興元出奔後、忠興から豊後中津城主として指名され、活躍の場を得ることができたと喜んでいた矢先の決定であった。

運命の歯車は過激に回りだす。

幕府は忠利が小倉に下った見返りとして、興秋を新しい証人として江戸に召し上げたのである。幕府の沙汰は、忠興からすぐさま興秋に下知された。その父からの書簡には自分を飛び越えて忠利に家督相続させた理由もなく、まして何の侘びの言葉もない。細川の歯車として、江戸に上ることが当たり前といった無機質な文面であった。

興秋の心の中には、寂寥感が満ちていく――。父が子に父らしく優しき労いの言葉をかけてこそ、苦労も厭わない気分になるが、忠興と興秋との親子関係こそ、冷酷としか言いようのないものであった。

忠興にとっての興秋は、本能寺の変の謹慎から解放されたガラシャとの間に授かった愛の結晶である。いつから、なぜ、このような冷めた親子関係になってしまったのか。興秋は下知状を眺めながら、不思議にも父への怒りすら消えてしまっていた。本来なら小倉に寄って江戸出府の挨拶を忠興にすべきであったが、それすら興秋はせず、京へと向かった。興秋に従うのは数名の家臣のみである。

京の幽斎に小倉から忠利家督相続の知らせがもたらされるや、忠隆は即座に剃髪し「長岡休無」と改名した。忠隆は、いよいよ来る日が来たと感じた。ただ兄思いの忠利からは、家督相続を侘びる極秘の書簡が忠隆に届いていた。忠隆としてみれば、それだけで充分であった。

廃嫡と沙汰されてから三年の月日が流れ、細川家を取り巻く状況も激しく変わっていた。時の権力者に最も都合の良いのが忠利だとすれば、自分は身を引くことが細川家の安泰につながるという覚悟である。

だが、不幸は忠隆、千世に突然降りかかってきた。

熊千代が三歳になるころ、京で流行病が猛威をふるい、熊千代は危篤となってしまう。医者が連日、往診するものの、熊千代は徐々に衰弱し、発病から一ヵ月も待たず他界してしまったのだ。

打ちひしがれた千世を支えたのは、義祖母の麝香であった。乳飲み子を失う辛さは麝香にもよくわかっていた。「子はまた作ればよい…」と熊千代のことで気落ちするより、先に向く心を千世に言い聞かせ続けた。

出家と離縁

慶長九年（一六〇四）も押し迫ったころ、小倉から江戸へ向かう興秋たち一行が京に到着した。家臣団を引き連れての宿舎となると寺院しかなく、建仁寺に滞在することになった。

年も明け、正月の儀礼的な予定も終わった一月十二日、いざ江戸への出立というとき、興秋は僧衣に身を包み家臣団の前に現れた。江戸への証人としての出府を取りやめると宣言したのである。出家することで細川家とは絶縁し、武士も辞めるということを家臣団に伝えたのである。

興秋が京に居た数十日間になにがあったのか…。家臣団の取りまとめ役であった長岡肥後は、興秋の突然の宣言に戸惑うしかなかった。

（今更、江戸への出府を止めるということができるのか…）

細川家にとっては無謀な興秋の行動である。長岡肥後は、主君忠興にどう報告してよいか頭を抱えた。

興秋は家臣団とは建仁寺で別れ、そのまま幽斎の小川屋敷に入った。取り残された家臣団は幽斎のもとを訪れ、事が収まるよう申し出るものの、事態は変わらず、数日後には小倉へ報告するために帰藩するに至った。

　そして、正月も過ぎたころ幽斎は忠隆、千世に改めて今後の身の振り方の話を始めた。

「新年明け、めでたきことなれど、昨年来から当家にとって諸事問題が多々発生した。そのひとつが、おぬしたちの問題でもある。そこで今後のお前たちの身の振りを今から話すが、きっと当家も前田家も、そして徳川様もうまく収まることになるかと思う」

　忠隆も千世も覚悟を決めていたが、幽斎の言葉は不思議なものであった。

「忠隆、千世殿、おぬしたちは本日をもって建前離縁とする。形だけでも離縁をしなければ、おぬしたちの身の保証ができなくなる。忠隆は、このまま小川屋敷に独りで住むことを建前とし、千世殿は加賀に帰藩したということとする」

　忠隆は、幽斎の提案が無茶なことのように聞こえてきた。それがどのような意味があるか。「建前」でできることなのか、問いただしたくなった。

「幽斎様、ご提案はわかりますが、それはわれわれを庇護することができなくなったということでしょうか。それともわれわれが同居していることで、何か不具合なことでも現れたのでしょうか」

「忠隆、おぬしがそう思うこと、わしにもわかる。ただ昨年の暮れ江戸の芳春院様から書状を頂いたのじゃ。その中にはかなり辛辣なことが書かれてあった」

「辛辣なこととは…」

　忠隆は探るように聞き返した。

「前田家は内府殿の術中のなかにある。前田としてまずは加賀、能登の領地安堵を認めてもらうことが最も大事である。だが、太閤殿下のご存命の折、筆頭大老として利家殿が豊臣家を支えていたことから、豊臣側の信頼も深く、それを一番気にしていたのが内府殿であった。太閤殿下が他界されるや、内府殿は、利長殿が三成と共謀して自分の暗殺を策謀したという嫌疑を掛け、三成を封じ込めることにした。そうすることで、豊臣家に忠誠を誓ってきた諸将に対して、前田家への信頼を失わせ、序列も徳川が前田より上だと示すことができた。この問題は今でもまだ尾を引いている」

　幽斎の話は続いた。

「忠興としても関ヶ原の後、内府殿から問いただされた千世殿への嫌疑を早く払拭するため、忠隆と千世殿を離縁させることで、細川は前田とは絶縁したという姿勢を示す必要があった。個々の私心などどうでもよく、政治的決断を求められた場合、即座に徳川家に対する忠誠心を示す必要がある。芳春院様が書いて送られた文面には、細川家ですら前田家と決別したということを大名たちに示すことを強く望んでおられるのが、内府殿なのだと書かれている」

　忠隆と千世にとって衝撃的な話であった。芳春院様と幽斎様との書簡の交換だけでも驚いたが、芳春院様の書簡内容からは、内府殿の猜疑心が手に取るようにわかった。忠隆には、幽斎様も芳春院様も自分たちの行く末を案じ、建前であったにしても、徳川の望むことを世間に示すことを優先すべきと思えた。

　離縁さえすれば、細川、前田両家の安泰につながるとなれば、われわれがそれを受け入れることは当然であった。

ただ、この時期になると京の小川屋敷は忠興に起因する争いに疲れた者たち、つまり忠隆夫婦、興元夫婦、興秋などの避難の場となっていた。

そうなると小川屋敷は手狭で、麝香は幽斎に忠隆夫婦だけは、別の住まいへ移ることを提案した。何故なら忠隆夫婦には新しい女児が誕生していた。当然、幽斎にも異存があるわけなく、すぐに住まいの土地を探すことにした。

ほどなく、毘沙門町の旧聚楽第跡地に利休の住んでいた屋敷を見つけた。幽斎も忠隆もそこが気に入り、幽斎が資金を提供して、家屋を新築することになった。そして、表向きには忠隆、千世夫婦は離別したとされた。その後、京での公的な場で千世の姿を見ることはなくなった。

綿考輯録

細川への難問は次から次へと湧き上がり、幽斎に次なる一手を求めてくるばかりである。さすがの幽斎もこの一年、疲れを感じていた。

忠興が病で倒れたため、忠隆の廃嫡は決定的となった。二代将軍秀忠のお気に入りとされる若年の忠利に、幕府は何を期待し何をさせたいのか。老練な幽斎ですら考え込んだ。

忠利は、細川の証人として幼少から江戸へ差し出されたため、幽斎は孫の人格を深く知る機会などなかった。実は、これが幽斎の最も不安とすることであった。どこかで一度は忠利とじっくりと会って、その評価を自らやらねばと思っていた。そうしなければ、自分が兄の三淵藤英と袂を分かち、足利義昭と信長様との争いの中で細川の生き残りを賭けた苦労など、泡と消えることになるかも知れなかった。

ただ忠利との接見のため、京から小倉にまで出向くのは遠すぎた。また敢えて自分が九州へ下ることは、幕府…いや内府様にどのような印象を与えるか想像すると、これも容易なことではない。むしろ、自分の行動が、細川内部のごたごたを露見してしまうということに他ならなかった。さすがの幽斎も困ったと思った。幽斎は、思い悩んだ。

そんな時、意外にも忠隆がふと漏らした言葉がきっかけで、幽斎は次の手を思いついた。江戸で暮らしてきた忠利という若い後継者に、細川の辿った苦しみの歴史を教えることである。

忠隆が漏らした言葉とは、廃嫡という人生の岐路に立たされ、父から苦汁を飲まされた自分に京の公家たちから「細川一族であるという自負と名誉を忘れず生きよ」と教えられた。

公家たちは、長岡という名乗りは、これからの忠隆の生き様にふさわしい名前になると励ました。公家たちは常に時代の流れを読み、明日につながる身の振り方を選択して生き抜いている。

武家として生きた細川も、公家と同じく時代を生き抜いてきたのである。生き残るためには小心ほどの配慮が必要であるし、時勢に合わせた一族の立ち位置を見抜くことが大切である。そのためには、細川の歴史を教材として活かしてこそ意味がある。そうすることで忠利の思考力を育み、有事の際の決断力の礎になることは間違いなかった。

暮れも押し迫った小川屋敷で連日連夜、幽斎は自分の知る限りの細川の歴史と、父から聞いた管領時代の出来事を書き込んでいった。

また、幽斎は、細川の歩みを書くことで、初めてわかったことがあった。自分の生きてきた時代を、忠利やその後の家督相続者に伝えていくことは、思った以上に難しいことを。

徳川に至るまでの世の価値観には、正論も俗論もなく、運ある者が覇者となり、運のない者が舞台から消えていくという二つの運命しかない。時代を掘り下げる過程において、晩年に築き上げた価値観で書き上げたとしても、細川の後継者に共感してもらえるだろうか。未来に活かせる歴史書となりえるか。すべてが未知であった。

（理解することができればよいが…）

幽斎は記憶を辿り、忠利たちに理解してもらえるかと自問しながら書き続けた。

また細川の歴史の教授役については、すでに幽斎の心中では決まっていた。

（古市宗庵がよかろう）

円乗坊は利休の娘の連れ合いであり、利休禅師直伝の茶事を継承している人物であった。その娘を嫁としていたのが古市宗庵であった。忠利は若く、茶心についても未熟だと聞いていた。茶道と合わせ、細川の辿ってきた道を教授するにはうってつけの人物であった。

年が改まった慶長十年（一六〇五）、幽斎は小川屋敷に古市宗庵を呼び寄せ、書き上げたばかりの細川家史『綿考輯録（めんこうしゅうろく）』の講義を始めた。

冬の小倉城

「忠利様、非力な宗庵ではございますが、幽斎様の書き上げられました『綿考輯録』を基にご教授させて頂きます」

小倉城には、時折海風が吹き込んで寒気だけを残して去っていく。正月も終わりに近い時節ではあったが、九州の寒さも京と変わらぬと宗庵は思った。教授する座敷は忠利の私的部屋であり、忠興が居住する部屋からは遠く離れていた。

昨年、忠興は病の床に伏した。その後の忠興は、幕府から家督相続者とし指名された三男の忠利を幕府に嫡子とし申請し、認められている。ところが、忠興は一向に引退せず藩主に座り続けていた。

　忠興は本心では、秀忠に気に入られた自分の息子を嫌っていた。何度となく、幕府から「早々に家督を忠利殿へ移すべし」と命令に近い文書が届いていた。だが、忠興は「相続者として忠利を認知したが、すぐに藩主を譲るとは約定していない」と言い張った。

　忠利は、何もかもが父の気分だけで決まる小倉での生活に疲れを感じていた。当然秀忠に対しても気ばかり遣うことになる。そんなイライラした気分が限界に近くなったころ、古市宗庵が現れた。

「幽斎様もお元気になられ、ご健勝であろうや」

「ご心配ござりませぬ。お体は順調に回復され、今回この家史を忠利様のためにお書きなされたぐらいでござります」

「そうであったか。ご隠居様とも随分お会いしておらず、一昨年お倒れになったと江戸でお聞きし、心配しておったのじゃ。いずれにしてもよかった」

　宗庵は『綿考輯録』をもとに、細川の辿ってきた時代を綿々と忠利に語ることとなった。家史の主眼は、時代といかに共生し、生き抜くかの細川思考法の伝授であった。となれば宗庵は、教授にあたり幽斎から何度も指示されたことを確実に踏襲する必要があった。

幽斎はこう語った。

「歴史には、時代の空気やその時々の考え方がある。これまでの時代は、殺戮と裏切りが日常的に行われてきた。欲と意地とがぶつかり合い、自己的『義』が渦巻いていた。だがこれまでの細川一族の歴史を知り、今に活かせば必ずや細川は生き残れるに違いない」

教授する家史が、結果として細川の未来に役立たねば意味がない。宗庵は幽斎の指示した意図を胸にいだきながら、細川の辿った深淵の海に漕ぎだしていた。

幽斎の時代

忠利は、宗庵が語る細川の暗い歴史を聞き、身の毛の立つ思いがした。幽斎が和泉半国の守護であった元常の養子となるまで、これほどまでに過酷な月日があったのか知りもしなかった。改めて細川の辿った道を聞きながら、誤りを繰り返す歴史の流れを、なぜに後世の人々は学習しようとしなかったのか不思議でならなかった。

（何故にわれらだけが、織田、豊臣、徳川へと時代が移り替わる中で生き残ったのか…）

　忠利は、幽斎の時代について深く知りたいと思った。そして宗庵が言葉を続ける。

「幽斎様は、なぜに足利家が天下を治める施政権を有していたにもかかわらず、政権を続けることができなかったかを知ることが大切だと話されていました。また不毛な戦いに明け暮れた時代があったからこそ、いかに信長様の登場が画期的なものだったかを感じてもらいたいと…」

「なるほど、誤りを誤りと知ってこそ、今に活かされるということなのか」

「御意」

　宗庵はニヤリと笑うと平伏した。

「では改めて、幽斎様が生まれた頃から話を進めて参りましょう」

忠利は身を乗り出して聞き耳を立てた。

幽斎が生まれたのは、天文三年（一五三四）六月三日である。織田信長も同年五月十二日に出生している。戦国の世では、人の生涯は、その人物がどのような家格のもとに産み落とされたかで決められていく。幽斎も信長もこの運命から逃れることはできない。

信長の父織田信秀は、時代を先取りする合理的な経営によって所領を統治した。それによって、織田本家の経済力を上回ることができたし、結果、信長の天下取りを容易にした。

幽斎は、三淵晴員（はるかず）を父に、清原宣賢の娘を母として京で生まれた。幼名を萬吉という。

父の三淵晴員は連枝（れんし）という立場で、宮中や宮家の仕事に係わっていた。連枝とは、天皇や公家などの親戚に連なる関係者がなる官職である。幽斎の基本的価値観は、そのような関わりの中で育ったと考えるべきであろう。

三淵晴員は永禄十二年（一五六九）まで生きていたというから、七一歳まで生き抜いたことになる。

萬吉の誕生時、晴員は三十四歳。萬吉は二男として生まれた。長男が三淵藤英である。

萬吉が七歳になったころ、養子縁組の話が持ちあがる。持ちかけたのは、晴員の兄細川元常（もとつね）であった。実は、三淵晴員そのものも、細川家から三淵家に養子に来た人物である。

当時、細川元常は、和泉上半国守護を務めていた。和泉国は細川一族で分割統治し、南半国は別派細川家が統治していた。別派細川家と元常とは仲が悪く、何度か衝突もあった。

晴員が三淵家に養子に出された理由は、連枝一族として、宮中や幕府の上層部との結びつきを強める役目を担わされたからである。

三淵萬吉が細川元常との養子縁組を経て「藤孝」と改名したのは、天文十五年（一五四六）のこと。萬吉は十四歳であった。当時、第十三代将軍足利義輝が、自らの名から「藤」の一字を偏諱として萬吉に授けた。この頃、義輝は「義藤」と名乗り、すでに細川藤孝は幕臣として出仕していた。

またこの時期、細川高国と細川晴元は抗争中で、細川元常は氏綱との争いもあり和泉で奮闘していた。

元常の死の二年前、天文二十一年（一五五二）、後奈良天皇から細川藤孝に官位が下される。従五位下兵部大輔という官位である。

当時、従三位以上を「貴」、従五位以下は「通貴」と呼ばれていた。そのうち従五位下は「貴族」と呼ばれ、「兵部大輔」は名だたる武将に授けられる官位であった。

細川家は、足利幕府開幕以来、斯波、畠山と管領を分け合いながら、幕府の行政と統治管理を行ってきた家柄である。

また三淵家は連枝の家系であり、「貴族」に属する。三淵家へ細川家から養子として配されたのは、藤孝の父晴員である。そのような縁戚関係からも、足利義藤が、意図的な目的を持って藤孝を遇していたとしてもおかしくない。

「諱」は正確には「偏諱（へんいみな）」という。「諱」は中国、朝鮮で行われていた慣習である。高貴な人物が己れの名前の一字を従属する人物に分け与えることで、二人の関係を更に高めていくといった心情行為である。忠利そのものも「諱」によって、徳川秀忠から一字を授けられ「忠利」と名乗ることになる。

ただこのとき足利義藤は、藤孝だけに「諱」を授けたのではない。他の有力武将たちにも「諱」を授けている。だが、藤孝はさらに「兵部大輔」という官位までもらったのである。これには理由があった。

十三代将軍足利義輝の時代に至り、足利家の弱体化は誰の目にも明らかとなっていた。幕府とはいうものの、実権は三好長慶にあり、三好衆による足利将軍に対する圧迫、強制的要求、脅迫などが頻発していた。体制の主軸はどこが担っているのかわからない状況であった。

義輝が将軍として藤孝に官位を授ける行いは、将軍が自らの意志で行動していることを証明するためのものである。宮中から「将軍は三好の傀儡」と言われたくない本心が見え隠れする。

また、足利家に忠誠心が高き者にのみ官位を授けることで、将軍としての権威、権力を復活させ、成り上がりの三好衆たちから幕府の主権を奪還したいという思惑があった。

だが、三好長慶が狂い死んだにもかかわらず、義輝は松永久秀や三好三人衆の謀反で非業の最期を遂げてしまう。幕府という治世機能が、すでに時の有力者の自己欲求の中でしか働かない時代となっていた。

藤孝は、このような時代を幕臣としての立場から客観的に観ていたのである。しかし、藤孝は信長と会ってしまう。この出会いが、藤孝の人生に大きな転換期をもたらすのである。

信長は、無謀とも思われる手段をもって時代を切り開こうとした。室町幕府末期において、古い時代の仕組みが、すでに崩壊していることを真っ先に理解した人物である。室町幕府という時代遅れの機能を、古い世代の権力者たちが私情にまかせて食いつぶしてきたことをよく知っていた。

そんな旧世代の権力者と信長が決定的に違ったのは、徹底的な合理主義である。

武士の意地だとか恥だとか、自己利益だけの我欲といった感覚ではなく、新しき価値と秩序を新社会の礎とするためであれば、過酷であろうが最短の手段を駆使することを求めた人物であった。

信長との出会いは、細川に大きな意識改革をもたらした。丹後攻略において、長岡藤孝と忠興は、信長の期待に応えたいと必死であった。だが、一色義定との戦局は好転しない。織田家の祐筆から届く行政書状の追伸には、いつも信長自身の直筆で自分たちを口汚く罵る叱咤の言葉が書き加えてあった。

そんな戦いの場にいた上司が、明智光秀である。光秀にも、信長の即時決着への命が届いており、自分の尻にも火が付いた状況であった。

一色との武力決着が付かないとなれば、残された道は和議しかない。藤孝の娘である伊也（いよ）を一色義定に嫁がせ、和議を成立させるという手段である。

すでに光秀の娘玉子は、藤孝の息子忠興の嫁となっている。配下である藤孝の娘を政略結婚の道具にしなければ、一色との和議は成立せず、信長の怒りを買うことはわかっていた。

そして伊也は一色義定の妻として嫁いだ。まだ十四歳という若さであった。和議が成立するにあたり、領土交渉も併合的に行われた。北丹後を娘婿の一色義定が統治し、南丹後を長岡家の所領とする協定が成立したのである。長岡領は桂川に面した長岡の地から、丹後国に突出した部分へと広がることになる。このとき、藤孝と忠興親子は長岡から細川という元の姓に戻している。

ガラシャ

細川家と織田家とのつながりは、天正十年（一五八二）六月二日の本能寺の変で一変する。明智光秀が本能寺で、信長を消し去ったことで一気に織田家との関係はとぎれてしまう。

本能寺の変から十一日後、羽柴秀吉は摂津国と山城国の狭間にある山崎の地で明智光秀と激突する。光秀は羽柴軍に撃破され、光秀本人もその日の夜、討ち死にしてしまう。

六月二十七日には、信長の後継者問題と織田軍の統率者を決定する清洲会議が開かれた。

柴田勝家が推す三男の織田信孝に、羽柴秀吉が対抗。本能寺で果てた織田信忠（信長嫡男）の子である三法師を担ぎ出し、織田家家臣団の掌握作戦を展開し、信長の後継は三法師であるという全員の同意を勝ち取るのである。

ただ清洲会議は織田家家臣団の確執を露骨にし、ついには羽柴秀吉と柴田勝家が反目し始めることになる。その証として、柴田勝家は妻お市の方に命じ、九月十一日に単独で信長公百日忌を京の妙心寺で執ってしまう。

一方、阿波では土佐の長宗我部元親が三好長慶の甥十河存保を駆逐していた。戦国の世の余韻はまだ完全には消えることはなかった。

だが、信長が築いてきた新しい秩序と価値観は秀吉によって継承されようとしていた。そして、柴田勝家という旧体制の武人との確執は頂点に達し、織田軍が二派に分かれて合戦に至る可能性が漂ってくる。

ただこの時期の秀吉は、以前のようなぺこぺこした秀吉ではなく、智謀的行動で、柴田派からの寝返りを煽り、人脈を築き始めていた。

しかし本能寺の変によって、細川は難問を抱えることとなった。山崎の戦いでは、娘婿の一色義定が、明智光秀に加勢したという事実である。

細川にとって山崎の戦いの持つ意味は重い。細川も一色も光秀の部下という立ち位置は同じであったが、幽斎は本能寺の時、はっきり光秀からの支援要請を断った。だが、一色義定は光秀に追従し、山崎の合戦に参戦したのだ。そして、勝負が決まるや、そのまま丹後の自領へと逃げ帰ったのである。

秀吉は義定を許さない。

「一色義定に謀反の企てあり」と、策謀的大義を押し付け、義定を討てと幽斎と忠興に命じた。丹後制覇においても、何度となく信長から叱咤されながらも戦い、ついには忠興の娘を人質として差し出すことで、ようやく事を収めたと思っていた細川であった。今回の秀吉の命は二人にとって、さらに過酷であった。

幽斎には名案が浮かんでこない。義定に細川が秀吉の配下といった疑惑を抱かせないこと。あくまで細川は、義定と秀吉との関係改善のための仲介者であると思わせることが必要であった。

「忠興、秀吉殿より喫緊なる書状が届いた」

「父上、果たして今回の山崎の戦に加勢しなかったことが何かのお咎めになったのでは」

「いや、それほど直接ではなかったが、今回の戦は、織田家直属の主権争いとみるべきであろう。確かに主君である信長公に謀反を起こすなど、光秀殿の乱心というか、短絡的な決断とは思う。細川としては先日、おぬしとも話した通り、光秀殿からの援軍要請を断ることが細川の生き残りにつながると判断したまで。それは間違いではなかった。秀吉殿は、明智に味方した者を許すだけの寛容な方ではないからのう」

　忠興は（父も追い込まれた）と思わずにはおられなかった。そんなときこそ、自らが妙案を出すべきと思い悩んでしまった。

　二日後、幽斎の策を聞いた忠興は、肝を冷やすほどの驚きを感じた。

　忠興は、冷酷な決断をした父に驚くばかりで反論する気持ちすら失せていた。

そんな忠興を幽斎は半眼から翡翠（ひすい）のような鈍い緑光を放ちながら静かに見つめて

いる。そう、幽斎の考えた策とは親子で義定を謀殺する計画だったのである。

義定の首

一週間後、幽斎からの使いの者が義定のいる弓木城を訪れ、謹慎していた一色義定と会った。

使者には「今回、山崎の戦で明智勢に加勢されたことが織田一門に問題視されている。今後はいかに羽柴と和解するか、その対策を検討するがため宮津城へ出向かれよ」と書かれた、幽斎からの書状を持たせてあった。

義定にしてみれば、次の手を早急に打っておくためにも幽斎からの呼び出しは好都合と思えた。まして、亡き信長の信頼も厚く、羽柴との関係も深い幽斎が調停してくれれば、わが身も安全と思えた。まして、伊也を嫁としていることを考えても、幽斎との面会は安心できるものであった。

九月八日、面会は、細川家の居城である宮津城で行われた。一色義定は家臣団百名とともに宮津城に入った。季節は秋であったが、城内にはむせ返るような濁った空気が充満していた。幽斎と忠興は、座敷で汗を滲ませながら、床を背にして座して待っていた。

細川家の家臣に案内された義定は、二人の居る座敷に現れたが、妻である伊也も同行していた。幽斎も忠興も、伊也まで来るとは予想していなかった。しかし、幽斎は表情ひとつ変えず歓迎の挨拶をした。

「義定殿、よくぞ参られた。まあまあ、お座りなされ」

「父上、ご無沙汰しております。このたびはお招き頂き、感謝申し上げます」

「義定殿、何をおっしゃる。光秀殿は自業自得であったが、そなたは今までの関係に従ったまでのこと」

忠興は義定が父の幽斎と対面で向き合うように正座すると、義定に敬意を表す如く、二人の中間の真横に座した。ちょうど中庭が見える位置である。

忠興は自分がこの位置に移動したことで、義定は身の安全を感じるに違いないと思った。右利きの武士は自分の左に居る人間に切りかかれば、相手からも切りつけられる恐れがある。ある意味忠興にとっては、捨身であった。しかも同席している伊也は義定の背後に少しずれて座していた。

「このたびの戦は、信長公が信頼していた光秀殿の乱心と思われてもしかたがないこと。わしとしても、義定殿が光秀殿に加勢したとは思っておりませぬ。それほどまでに義定殿が光秀殿に忠義を尽くされた証し」

いつの間にか義定は涙を流し始めていた。

今回の加勢は明智派に所属していたがために出陣を強要されただけで、明智から指示された山肌に陣構えしていただけであった。山崎での戦では、明智勢の劣勢が決定的になるや、明智本隊は散り散りになり、支援に駆り出された諸軍も自領へ敗走したのである。

「父上、ご配慮、かたじけない」

うわずるように礼を述べる義定の涙は、もう止まらないまでに流れ出していた。

（この瞬間、殺るしかない）

忠興は少し気が高まり、動転し始めた。

「まあまあ、義定殿、涙をお拭きなされ。酒など一献手向けましょう。羽柴殿への今後の策は、伏見の酒でも飲みながら…」

幽斎の優しき口調は、(ばか者が。殺気立った顔を消して座っておけ)と、忠興に対する幽斎の気配りであったが、伊也を席から外させるという意図もあった。幽斎は、義定を娘の眼前で誅殺することだけは避けたかった。

侍女たちが酒を座敷へ運んで来た。義定には、久しぶりの伏見の酒であった。朱盃で飲む酒が胃の腑に滲み渡り、心までも解かれていくような気分になっていく。再び酒が座敷に運び込まれると同時に、伊也は別の部屋に下がった。

伊也には、宮津城に出向くことに不安があったものの、父や兄ともやさしく、義定の身の処遇を心配しているのがわかっただけでも心が癒されるようであった。

だが、座敷には、いつの間にか酒だけではなく、他のものまで持ち込まれていたのを義定は知らない。忠興の左後ろには、既に鞘から鯉口を切った太刀がそっと寝かせてあった。

「義定殿、羽柴殿との戦は、光秀殿の要請を断りきれなかったことが原因であり、まして羽柴勢と一度たりとも刀を直接交えていない。丹波衆にたぶらかされたと、幽斎から羽柴殿に仲介をつなぎまする。ご安心なされよ」

　幽斎がこの言葉を口から放った瞬間。義定は感極まったとばかり再び落涙すると、目の前の膳を横に跳ね除け幽斎に向かい深々と平伏した。

　その時、義定の視線から忠興が消えた。同時に座敷の宙に空鞘が舞い上がり、忠興の振り降ろす太刀が義定の平伏している首を瞬間切断していた。

　義定の行き場を失った血しぶきは、半眼で座していた幽斎の顔面を直撃する。しかも義定の切り落とされた首は弾みで転がり、ついには幽斎の膳の上に納まってしまった。その義定の顔は、切り落とされたこともわからぬとまだ泣き続けている面持ちであった。

　その幽斎にかかった生温い義定の血しぶきは、次第に顔から首に垂れ、からだに流れ落ちていく。

　そんな赤鬼の形相となった幽斎を忠興は片手に刀を握りしめたまま荒い息をしながら見つめていた。

文治派と武断派

　幽斎は、信長と秀吉の晩年に感じた自己顕示欲が、なぜか足利義輝や義昭、三好長慶と変わらぬような気がした。一方で、内府殿との関係が深くなればなるほど、内府殿は太閤とはまったく違った意識を持っていることがわかってきた。

　その証の一つは、太閤殿下崩御後の内府殿の行動と施策の迅速さであった。それ以上に、歴代の天下人と決定的に違うと感じたのが、自己欲の発露を抑えたことである。徳川のもたらした封建制度が、新しい国づくりのために人切なことを、幽斎は強く感じた。その徳川の天下をもって、世が安寧に治まるのであれば、石田治部少輔一派と対峙して、命を掛けるなど惜しくもなかった。

　何故なら太閤殿下が亡くなると、行政機能を私物化してきた人物たちが、世の乱れを導き寄せるような動きを始めた。乱世の再来は、幽斎を始め細川一門が最も恐れることであった。細川は、足利将軍家から家勢をいただき、信長、秀吉と続く覇者のもと、時流に合わせた生き方を模索し、家門を守ってきた。

　新しい時代は戦いの世ではない。論功行賞が当たり前に求められる時代でもない。信長公にしても、太閤にしても、最後に至ったのは、自己を賞賛するための世界でしかなかったと思える。

「もういいのではないのか」

そんな言葉が、幽斎の胸の中で虚しく響く。幽斎の文治派に対する疑心は深い。それは、文治派によって生み出された深刻なる問題が山積みされていたからだ。本能寺の変以降、秀吉の天下経営は、信長が各地に残していた財力が起点となっていた。だが、次第に増幅する太閤施策によって、更なる財源の確保が必要になってくる。秀吉が思いつきで愚かな政策を打ち出せば、そのたびに石田三成ら文治派家臣たちが、秀吉の代弁者とし各大名に渡り合い、太閤殿下の指示を押しつけた。外様も直参にとっても、文治派の「殿下がお望みです」という言葉は、「問答無用」と同じ意味を持っていた。

秀吉が健在のとき「太閤蔵入所」と呼ぶ土地が全国各地に点在していた。「太閤蔵入所」は、各大名の領地内に設けられた豊臣家の直轄地である。「太閤蔵入所」が急増したのは、文禄、慶長の役が始まってからである。「太閤蔵入所」には、三成の家臣が代官として派遣され、既得権はすべて文治派につながる。つまり、朝鮮侵攻のための軍費増額が「太閤蔵入所」増地の主な目的であり、文治派にすればば、あくまで太閤殿下の望みに報いるための仕事でもあった。

慶長三年（一五九八）の「太閤蔵入所」の石高を記してみたい。

諸国の石高合計は一八六〇万石、そのうち「太閤蔵入所」一九八万石。特別な時期には、畿内、北九州だけで二二〇万石あったとされている。

太閤が慶長三年八月に伏見城で他界したとき「太閤蔵入所」を担わされていた諸国の武将たちからは、文治派に強制奪取された積年の恨みが諸々噴き出した。

慶長四年（一五九九）三月、大坂界隈では不穏な噂が巷に流れた。七人の有力武将が結束し、石田三成を襲撃するという噂である。七武将とは加藤清正、福島正則、黒田長政、池田輝政、加藤嘉明、浅野幸長、細川忠興だという。

いずれも、武断派の武将である。幽斎も噂を耳にし、息子忠興が含まれていることに愕然としながら、事態の推移を見つめている。噂であるにしても、これだけの武将の名が出たということは、すでに今の政治体制が変わることは避けられないことだといえた。

　秀吉の他界という一大異変を最大限に利用したのは、家康である。三成襲撃の噂を知った家康は、三成を伏見に呼び出し、仲介に向けた作業を始める。今回の事件を表面化させぬことが豊臣家のためになる。石田三成の今後にも繋がると説いたはずである。家康は、事を表に出さぬために自らが各武将を説得しても構わないとも話した。

　三成は、日頃から気に入らぬ内府ではあったが、この場はいったん、態勢を建て直した方がよいと考えた。朝鮮出兵の後始末も未処理の部分があり、太閤殿下他界後、これからの豊臣家としての天下戦略も決めていない時である。ここで武断派と争っていては、淀殿や秀頼殿の未来も危うくなる。三成は佐和山に戻り、今後の作戦を練り、実行に移すまでの手筈を調えるのが最善と考えた。

　三成は、家康の申し出を受け入れる。家康も三成の返答を許諾したが、ひとつだけ条件を付けた。条件とは「蟄居」という三成の処遇である。

　大老筆頭というのが家康の立場である。今回の騒動の公的処理としての処罰発令としては避けられない文言であり、それが他大名たちにいかなる意味をもたらすかを知っていた。家康には「蟄居」という言葉が必要であった。その理由は、関ヶ原の戦い直前にわかることになる。

その後、大坂表において差し当たり政治的議決等が必要となる仕事がなくなったこともあり、上杉、宇喜多など三大老が帰国してしまった。

家康はその期を逃さない。慶長四年（一五九九）九月七日、家康は重陽の節句に、秀頼への祝いの挨拶として、伏見城から大坂城へと向かった。だが、秀吉存命の折、家康は秀吉との間で、大坂城へは登城せず「秀頼のことは伏見城から見守る」という固い約束を取り交わしていたのである。

家康は秀吉との約定を破棄し、大坂城に登城してしまう。反発したのが前田利長である。家康が太閤殿下との約束を破ったことは、大坂城内でも問題とされ、今度は家康暗殺計画が噂となって流布し始めることになる。

だが、家康は、大坂城内から離脱するどころか、身に危険が迫ったとして、城内に居座ってしまった。家康は、さらなる策略を仕掛けていく。

十月二日には、家康暗殺計画を立てた人物を探索し、実名と尋問により特定して、処罰を発令している。

浅野長政、甲斐府中へ隠居
大野治長、下総結城へ流罪
土方雄久、常陸水戸へ流罪

前田利長の処罰に関しては、加賀征伐とした。だが、前田家から弁明として横山長知が家康の処に派遣され、征伐は取り止めとなった。利長へは、侘びの証として人質を求められ、利家の室であって、利長の母芳春院を江戸に送ることで和議が成立となった。

家康の策略は、ますます巧妙となる。家康は、芳春院の居た大坂城西の丸に移ると、筆頭五大老という立場を生かし、大名の転封や加増などの政治的命令を次々と発していく。

なかでも最大の決定が、「太閤蔵入所」の廃止である。薩摩島津領地にあった「太閤蔵入所」を解除、他藩の同所も同様に対応している。この「太閤蔵入所」

問題が、関ヶ原の戦いにつながる原点となる。家康が他の大老に議案も提示せず、独断で「太閤蔵入所」を廃止する行為は、権力を掌握した家康にしかできぬ業だった。

幽斎には、この先にある時代の構図を肌で感じることのできる能力がある。新しい時代は確実に古い政治体制を駆逐し、社会の仕組みを変えるのは間違いない。

「ただ、いまは忠興たちにわかることでもない。内府様の懐を離れぬことが、彼等の使命でしかない」

幽斎の強い信念は胸の中に深く刻まれていた。

関ヶ原の直前、細川家の主力は内府殿に従って上杉征伐に出かけていた。幽斎はすでに六十六歳となっている。果たして体力が持つものか判らぬ状態であったが、三男の細川幸隆と共に丹後田辺城の隠居城を守ることにした。

七月、石田勢一万五千が、丹後田辺城を包囲する。幽斎、幸隆には五百の手勢しかいない。だが、この親子は負けてはいない。気を張って手勢に命を下し、敵を一歩も城内に入れることはなかった。この事態に肝を冷やしたのは京の公家たちであった。

細川幽斎は、当時二条派正統を継承し、古今伝授の資格を有していた、日本に一人しかいない人物であった。京の公家衆や歌人たちは、幽斎に万一不測の事態があれば、数百年間維持してきた和歌の奥義を喪失することを危惧したのだ。

『古今和歌集』編纂は、醍醐天皇の勅命により、延喜五年（九〇五）に奏上された国家事業であった。『万葉集』に選ばれなかった古い和歌を編纂したもので、古今を暗誦することが当時の知識人の教養とされていた。時は流れ、『古今和歌集』の講義や解釈などは形式化し、誤った解釈が発生しないように師範が伝承を続けていた。幽斎が伝授を受けたのは、三条西実枝である。

八条宮智仁親王は、あまりの劣勢にある幽斎に対して、七月と八月の二度にわたって古今伝授の儀が消えることを畏怖するという内容の書状を送った。だが、幽斎は籠城を止める気がないとした返信を送っている。ただ、自分が保持していた古今伝授の奥義書を八条宮家に送り、自己の覚悟の死が他の問題を生まぬように手立てを講じた。

幽斎は、「安定」を実現するのは石田ではないと感じていた。細川は、常に秩序が崩れる中で翻弄されてきた。幽斎は、織田、豊臣と移る体制だけでは、政事の「安定」は確保できないと考えていた。

公家たちや宮家においても、石田派の名だたる武将たちに書状を送り、仲裁を図っている。幽斎が、八条宮に行ったように、『源氏抄』と『二十一代和歌集』を朝廷に献上し、八条宮が実兄の後陽成天皇に奏請し対策を講じた。

その後、天皇は三名の宮家を勅使として田辺城に下向させ、勅命で和議が実現する。停戦は、関ヶ原の戦い二日前という切羽詰った状況下で実現したのである。和議によって、幽斎は田辺城を明け渡し、石田側の前田茂勝丹波亀山城に入る。こうやって幽斎も幸隆も生き残ることができたのである。

また細川一族の関ヶ原における奮闘は、凄まじいものがあった。家康の細川に対する武功評価も高かった。忠興の妻ガラシャが石田に討たれたことや田辺城での幽斎の頑健さが評価に加算されたのは、間違いない。むしろ細川一族が三成にガラシャの怨念を噴き出したと考えてもよいかもしれない。

忠利上京

江戸への参勤は小倉から船で下関に渡り、瀬戸内を右に眺めながら山陽道を進むが、意外と難所が多い。京へ着くには、半月ばかりかかることも多かった。

幽斎の待つ小川屋敷では京都在中の一門が集まり、忠興、忠利の入京を今か今かと首を長くして待っていた。忠利と初めて会う一門も多く、忠興の後継者として幕府も認める次の藩主に会うがためである。

忠隆だけは例外で、幽斎からも深く説かれ、北野屋敷にこもっていることになっていた。だが、忠隆は忠利とは六年ぶりである。会いたいという衝動が止まらなかった。

元々、建仁寺を細川の定宿とする案もあったが、今回の参勤では、本隊は大坂藩邸に留め置き、忠興と忠利だけが少数の部下と共に京に入っていた。

忠興の小川屋敷訪問は三年ぶりで、幽斎が病に陥り、慌てて小倉から見舞いに出向いて以来であった。久しぶりの忠興、忠利の訪問を、幽斎は最大のもてなしで歓迎すべく、京の贅沢をかき集め二人への慰労をするつもりであった。

幽斎は、到着の知らせを聞くと、忠興と忠利が待つ座敷へと足を運んだ。二人が平伏している座敷に入ると、十八歳の忠利は自分に気を遣ってか、どこか落ち着かぬ感じに思えた。

「忠興殿、よう参られた。おぬしも大病し大変じゃったの」

「父上も、お達者にお過しのご様子。恐悦至極でござりまする」

幽斎と忠興が交わす会話は、儀礼的な味気のないものであった。早春の凛とした底冷えもあるが、何かうきうきとした春らしい様子が見られない。座敷の鉄瓶がコトコトと沸く音が鳴り響くような、冷えた言葉の応酬であった。

幽斎、忠興親子の間にあるのは、それぞれの思惑だけが交差する世界だけである。しかも、二人にとっての思惑は感情のみではなく、策士としての言質争いでもあった。

今回の訪問は、幽斎にとっては忠利を評価することが目的であった。忠興という人物を創り出したのは自分であり、忠興がどのように考えているか、幽斎には容易に見抜くことができた。

幽斎は、忠興との会話をほどほどに切り上げ、忠利と語り合いたかった。

「忠利殿、初めて小川屋敷に来られましたな」

「お招きいただき恐悦至極でございまする」

（なんと…父と同じ挨拶を…）

幽斎は、忠興と同様な言葉が忠利の口から放たれたことに驚いてしまった。

「忠利殿、京の都は何度目になられますや」

「二度目ではございますが、父上の見舞いに小倉に下向しました折は、先を急いでおり京の町は素通りとなりました。今回が初めての京といえるかも知れませぬ」

忠利の返答には隙がない。忠隆とも興秋とも違った性格がうかがえた。

「なるほど前回は、そうでありましたな。しかし今回、細川家の世継ぎとして幕府から認可されたこと、めでたきこと」

「皆様のご期待に沿えるよう、努力致して参る所存でござります。ご隠居様が古市に持たされました細川の歴史書の中に覚悟を持って挑まなければならぬことが多々あり、改めて細川家の大事を学びてござります」

幽斎の頬から笑みがこぼれた。

「ご隠居様の著された書には、私の知らぬ先人様たちのご苦労が多々あり、問題の解決には何が大切かといったことを古市から教授してもらいました」

忠利は一つひとつの言葉を噛み締めるように話した。忠利の一言一句は幽斎に対する礼であり、敬意を表すには充分な言葉使いであった。

忠興は、忠利の言葉を聞き流し、庭先の早春風景の中に視線を這わせた。

「父上には、これまで私の江戸在府が長かったこともあり、何もわかっていない私に、改めて父上のご苦労をご教授頂いておりまする」

忠利は幽斎ばかりに感謝するだけではなく、父忠興にまで敬意を払うことも忘れていなかった。

幽斎は、そんな忠利の配慮には驚かされた。今までの細川にはみられない忠利の性格は、江戸で養われたものに違いない。

「今夜は京の贅沢を用意させておるゆえ、忠興殿、忠利殿、是非ともゆるりと京を楽しまれよ」

これからの細川を、この二人に託す気持ちの表れとしての、隠居のもてなしである。未来につながる春の宴としたかった。今宵は忠隆にも命じて、忠利と密かに面会させることにしていた。今は、忠興が藩主であるにせよ、後継者と指名された忠利が、唯一相談に乗れるのは忠隆だけと思っていたからである。

後継者

幽斎のもてなしは、ただの宴会ではない。季節を切り取り、室内には春らしい趣向がちりばめられていた。酒も小倉ではなかなか楽しむことのできない伏見のものが供してあり、朱塗りの杯にはひとひらの桜花が漂っていた。忠利は何度も注がれる酒に圧倒されながら、煮物や焼き物など、懐石の醍醐味を久しぶりに堪能した。

時が流れると、忠興は泥酔状態となった。忠利も小倉に来てわかったことであるが、父の酒癖が悪いことで、何度か肝を冷やしたことがあった。そんな時、幽斎がふいに忠利に耳打ちをした。忠利は軽く頷くと、すぐさま答えた。

「ご隠居様、父上様、忠利は随分酒を飲み、酔いが回ってまいりました、先に休みたいと思います。ご無礼の段、お許しくだされませ」

呂律の回らぬ口調は、忠利の迫真の演技であった。忠興は酔眼のまま忠利に顔を向けたが、忠利の酔いを見極めたのか、右手で（下がれ、下がれ）と仕草をして、宴から辞することを許した。忠利は、静かに父や幽斎に平伏し、屋敷の中にしつらえてあった寝所に向かった。

忠利が寝所の襖をゆるりと開けると、懐かしい兄が笑顔で座していた。幽斎の耳打ちは、久しぶりの兄弟の再会を実現するための合図であった。

「兄上、ご無沙汰しておりました。何よりもご健勝であられるようで、忠利はうれしゅうございます」

忠隆も満面の笑顔であった。

「なんの、おぬしこそ元気でなによりじゃ。何年ぶりになるやの…」

「兄上とお別れしたのは、六年前でござります。あの時は大坂の玉造屋敷におりましたが、私が江戸に発って以来でござりまする」

忠利は泣き出しそうな顔となった。忠利は十八歳の若さで兄弟一族のおらぬ江戸で一人孤軍奮闘してきた。久しぶりの再会は、今まで抑えていた心細い気持ちが一気に噴き出したとしてもおかしくはない。

「実は兄上には、謝罪しなければならぬことがございます」

「おお忠利、おぬしの言おうとしていることは承知しておるが、そこまでおぬしが謝ることはない。気の遣いすぎじゃ」

「兄上、なぜに…」

「それは今まで、おぬしの知らぬことが京や大坂で多々あったが、時代が変わり、徳川の世となったいま、内府様にも秀忠様にも信頼厚きおぬしが細川嫡子としてはふさわしい。父上やわしではない。これからの徳川の世を生きるには、しっかりとした藩経営が求められるが、その中では情報がいかに大切なものかと。情報こそ江戸に有り、その江戸と関わりの深いおぬしでしか対応できぬことなのじゃ。わしらのような、殺し合い集団など消えゆく時代なのじゃよ」

「兄上は私にとって、かけがえのない身内であり、人生の先輩でもあります。兄上を差し置いて藩主の座に座ろうとは思っておりませぬ。今後、父上の許しがあれば、私はいつでも兄上に藩主の座を譲る所存でございまする」

「忠利、おぬしが、そこまで言うてくれること嬉しく思うぞ。しかしな、今の時代はおぬしを求めているのじゃ、それでいいのじゃよ」

「しかし兄上、父上から聞いただけでございますが、石田が攻め参ったとき、千世殿がなぜ母を見捨ててお逃げなさったのか。千世殿は、なぜ母上と共にご自害されなかったのか。今でもわかりませぬ」

「わしとて関ヶ原の折、上杉攻めのため玉造を留守にしており、ようやく帰京後に千世から真実を聞いたのじゃが、宇喜多に逃げろと命じたのは母上だったということじゃ。なぜに母上は千世に逃げろと命じられたのか。本能寺の変後に明智の娘が歩いた道のりが、いかに過酷なものであったかを知っておったからだと思う」

「兄上、なぜ明智の娘、いや母上の苦労が千世殿と関係があるのです。千世殿はれっきとした前田のご息女ではござりませぬか」

「前田の娘だから、母上は逃がされたと思っておる」

「はて…」

　忠利は忠隆の目を覗き込んだ。

「あの時、石田と内府様との争いの結果が関ヶ原だとすれば、ひとつ間違えば豊臣と徳川との覇権争いへ発展する可能性もあった。戦は始まってみないと勝敗などわかるものではない。内府様たちがもし戦に負ければ、豊臣の時代が続く。その豊臣に一番影響力を持つのが前田公であったことは間違いない。母上は万一を考え、千世を逃がすことで、細川、いや父上への恩返しをしたかったのではないかと思う。自分が自害することで、徳川にも対面を保つことができる。徳川が勝てば、母上の忠義が徳川に評価される。石田が勝ち豊臣の時代が続くとなれば、前田寄りに細川は舵を切ることが容易になる」

「なぜ、父上に母上が恩返しせねばならぬのか…」

　忠利は怪訝な面持ちで聞き返した。

「本能寺の変で、母上は一歩間違えれば実父光秀殿との繋がりから死罪になったかもしれぬ。しかし、父上が、早々に味土野へ母上を蟄居させ、謹慎させたがために命を保てた。そのご恩をいつも母上は感じておられた。興秋もおぬしも、そんな父上と母上の子であることを肝にいれておくべきじゃ」

忠利は、兄忠隆の話に驚かされながらも、父忠興の意外な気配りを知ることになった。今の父の行状からは想像できぬことであった。

「お話を聞かせて頂き、ありがとうございました。なぜに母上が姉上を宇喜多屋敷に逃がされたか。その意味を理解することができたように思いまする。兄上には今後もご教授いただくことも多々あるかと思いますが、これからも忠利のことよろしくお願い申し上げます」

「何を申しておるのじゃ。まるで狂言の台詞みたいではないか」

二人は腹の中から笑い出した。

「父上と母上に命を授けて頂いたというご恩はあるにしても、今まで細川が生き残ることができたのは、間違いなく幽斎様の知恵があったからじゃ。千世とのことで徳川とこじれたとき、幽斎様は、千世になぜ宇喜多屋敷へ逃れたのかを尋ねられた。幽斎様は千世の答えに母上の意思を感じられ、千世を許した」

忠利はその言葉を聞くと、亡き母上にもう一度会いたいという激情が胸を突き上げてきた。我々兄弟は生かされている。幽斎様や兄上のご厚情と時代を見る見識があって生きているのだと悟った。

その時、寝所の襖が軽く開いた。侍従が徳利と二個の猪口を手にしていた。

「幽斎様からの差し入れでござります」

侍従は、酒器と猪口を乗せたお盆をそのまま差し出すと襖を閉じた。

帳が下りた早春の夜は、冷気が満ち溢れていた。兄弟は、二人だけの時間を深めるため、それぞれの猪口に熱燗を注ぐと、無言で飲み干した。

第二章　忠隆

晩秋の肥後南半の田園は、すっかり稲が刈り取られ、裸田圃を吹き渡る秋風に冷気が含まれていた。

忠隆は、八代から熊本を目指して薩摩街道を北へ向かっていた。四ヵ月前の盛夏の頃、同じ道を父忠興に会うため八代へ歩いたことを思い出していた。

今年の春から初夏に変わろうとした頃、何度も忠興から、八代での再会を願う書状が毘沙門町の自宅に届いた。（あの親が今更、何を子にねだる）という気持ちもあったが、肥後まで足を伸ばすには自分も少し年老いたと思った。

忠興は既に七十九歳となり、自分も六十二歳に達していた。こんな老いさらばえた親子が、今更、何の話を交わすのかと思った。その問いを確認するためだけに、京を長く留守にしたくないのも本音であった。

だが、忠興からの催促はとめどもなく、ついには大坂の細川屋敷から使いの者が日参するに至った。細川家から禄を受けている裏事情もあり、忠隆は仕方なく肥後八代行きを承諾するしかなかった。

ただ忠隆が肥後行きを決意した最大の理由は、忠興に再会することだけではなかった。八代近在の摂取寺で会いたい人物がいたからである。そう、弟の興秋である。今では海雲和尚と称し、北部田で住職を務めていた。

しかし、興秋という名の細川忠興の二男は、この世には存在しない。興秋は、忠利が細川家の家督相続者となったとき、忠利の入れ替わり証人として江戸に召しだされた人物である。興秋は、江戸へ向かう道中、京の建仁寺においてすべての任を放棄し出奔した忠隆の弟であった。

いま思えば興秋は、幽斎の援助を受けながらも奔放に生きてきた弟であった。慶長十年（一六〇五）正月の興秋出奔後、忠興は再度幕府から新たな証人を求められ、身代わりとなったのが麝香である。

翌慶長十一年（一六〇六）、麝香は江戸へ証人として行くとき、京に残る一門に「江戸で芳春院様と前田家、細川家の栄える道を探して参りましょう」と言い残して旅立った。

一方、江戸においても、細川の新しい証人として麝香が向かうとの噂が流れた。

さっそく芳春院からは「江戸においで麝香様にお会いできること切に楽しみにお待ちしております」と書状が届いた。天下に吹く新しい風は、乱世を生き残った老妻たちにも吹き荒れていた。

祖母に迷惑をかけた興秋は、いよいよ麝香が江戸へ旅立つ数日前に、小川屋敷に別れの挨拶に現れた。興秋は二人に深々と平伏し、自分のわがままで、このようになったことを心底から侘びたのである。

しかし、麝香からは「江戸見物も楽しそうじゃ。芳春院様も務められている証人、我とてできるだけおつとめし、江戸で徳川天下を見るも細川のためにもなる」と、興秋を責める言葉はなかった。

むしろ麝香からは「興秋殿、京には養父の興元殿もおりますが、興元のもとに帰参したくなければ、それも仕方ない。ただ、細川宗家を外郭からしっかり加勢するのは血縁者としての務め。夢々忘れなきように」と、釘を打たれるような言葉までいただいた。

興秋は、麝香に敬服するしかなかった。祖母の懐の広さもさることながら、精神的に腐りかけた自分に向けて、今の生き様を否定するのではなく、これからは血縁家系のために仕事を全うするよう諭したからだ。

興秋は、小川屋敷での麝香との別れから八年後の慶長十九年（一六一四）、大坂冬の陣に豊臣方として参戦する。さらに、翌元和元年（一六一五）の大坂夏の陣にも、豊臣方として戦っている。

忠隆は（なぜに…）と、弟の狂言的行動に驚愕した。その後の風の便りでは、興秋は道明寺、天王寺の戦いにも参加し、ついには父忠興の手配した探索隊から発見され、伏見稲荷山の東林院で自害させられたとなっている。

ところがそれから日も浅い頃、毘沙門町の北野屋敷に興秋が突然現れたのである。

「おぬし、生きておったか」

忠隆は震えるような声で興秋に問いただした。

「兄上、ご無沙汰しておりました」

梅雨の湿った空気が一層興秋の言葉を暗くしていた。興秋は、父忠興の命により自害したはずである。たとえ生きていたにしても、徳川から見れば重い犯罪人であることは間違いなかった。とにかく部屋の障子をすぐに閉め、誰も立ち入らぬように配慮するしかなかった。

「なぜ、おぬしは細川の血縁でありながら豊臣方について内府様に刃向かうことに至ったのか。それが聞きたい」

忠隆の怒りの声は、障子傍にいた家人たちにも洩れ聞こえた。

「細川がいかに徳川と関係が深くとも、戦いは賽を投げてみなければわからぬもの。そのことは、関ヶ原で体験したではありませぬか」

「それはわしとてわかるが、今回の大坂の役に参戦したことは、おぬしだけの判断ではあるまい。誰の差し金で動いたのか知りたい」

忠隆の声には怒気が込められてきた。

「それは兄上であろうとも言えぬ。ただ、その方はこの世にはおられませぬ」

忠隆はここまで聞くとハッとした顔になった。

（そうだったのか。幽斎様が…）

幽斎様ならば、興秋に命じたとしてもありうることに違いない。そもそも興秋を庇護していたのも幽斎様である。幽斎様は、いつも京で全国に目を配り、時勢の動きを見ておられたのは間違いない。ただ今から四年前は、幽斎様の健康も危ない状況でもあった。

故に幽斎様は、命あるうちに次の手を打っておくことが大事とされたのではなかったか…。万一、豊臣と徳川が衝突したとき、父が徳川に味方するのはわかっている。だが、豊臣が負けると決まった訳ではない。どちらが勝つにしても細川の血が絶えぬよう布石を打たれたとしてもおかしくなかった。

結果は、豊臣家の敗北となり、細川宗家は徳川側として再度生き残ることができた。その後は、大坂の陣以降の各地での小競り合いの中で、興秋の救出が極秘に実行されたということである。よくぞ父の忠興が幽斎様の意思に従われたと思えた。

「興秋、父上を憎んでいたおぬしが、幽斎様の指示通りに身を振る気になったのはなぜじゃ。まして父上がおぬしを自害させることで決着をつけたとなれば、北野屋敷に現れたとなるとややこしくならぬか」

興秋は、口元にかすかな笑みを浮かべた。

「すべては、今は亡き方が細工されたことにございます。拙者とて麝香様からのお言葉もあり、いざとなれば細川家に役立つ気はありました。父上は相変わらず己が勝手な言動で、私には何の愛情も抱かれない方とは思っておりました。しかし、細川家が天下分け目の戦いに巻き込まれるのは間違いなく、ならば細川が豊臣方と徳川方とに分かれることで家勢を保てるとなれば、その役目は本来なら興元叔父が受けるが正論かと思います。しかし、叔父はその役を担うほどの胆力はありませぬ。結局、父上も認めた上で、今亡き方からのお言葉で拙者が大坂に出向いた訳でござりまする」

幽斎様らしい策だった。元々血の気の多い興秋である。関ヶ原のときもそうであったが、あれだけの修羅場を生き残ってきた強運を、今回も活かすことができた。

大坂の陣の有様は、玉造の細川屋敷から北野屋敷にも届いていた。大坂城落城の時、城下は逃げ惑う人々で溢れかえった。徳川側は、夜を徹して落武者狩りを続けた。翌日も、夜明けとともに天王寺などで掃討戦が行われた。興秋が生きて北野に現れるなどとは、信じがたいことであった。

「おぬし、これからどうするのじゃ」

忠隆は当惑した気持ちを隠すことなく聞いた。興秋は軽い口調で応じた。

「兄上、拙者もやっと細川、いや、今は亡き方に恩を返すことができ本望です。これからはその方が思われたとおり、仏門に帰依することにいたします」

「仏門に…。そこまで手配されていたとは」

忠隆には、興秋の話は驚くことばかりであった。

熊本へ向けて歩く忠隆の脳裏に、北野屋敷での思い出が昨日のように甦ってくる。興秋とは四ヵ月ほど前、父の居る八代に出向く途中、摂取寺で久しぶりに再会している。ただ興秋から「今回、父上が詫びる気持ちが真なるものか。その結果だけは、ぜひお聞かせくだされ」と切望されていた。

それも自分が京から下向するにあたり、父からは「改めて親子の縁を深め、詫びを入れたい」との一文が届いていたからである。

ここ数年の父の老い方は、昔の気丈者の風情からは遠くかけ離れていた。「すがる」といっていいほどの老けぶりである。今までも江戸への参勤の折、京で再会する機会も多々あったが、そこではお互い社交的な振る舞いに終始していた。しかし、父から正式な詫びの気持ちが伝えられることはなかった。

寛永三年（一六二六）、北野屋敷に父忠興が忠隆の廃嫡後初めて訪問したが、そのとき孫の与八郎と忠春に会い、言葉をかけてもらった。忠興の性格は相変わらずで、ぐずった長男与八郎より、臆することもなく元気に挨拶した忠春を気に入った。

「忠春こそ嫡孫。忠春には九曜紋と伊豆の名乗りを指し許す。今後は細川公邸にて教育を受けるべし」と、勝手に忠隆の嫡男まで決めてしまうなど、相変わらず困った父であった。

　ただ忠興が、北野屋敷までわざわざ孫たちに会いに来たのには理由があった。忠隆が千世と完全に離縁し、別居したからに他ならない。

　祖父幽斎は死ぬ前、遺言書をしたため、幕府と忠興に渡して世を去った。忠興はその遺言実行の条件として、忠隆と千世との完全なる離別を求めてきたのだ。自己の積年の願いを細川の宗主として力で押し切ろうとした。そうすることで、細川家から忠隆に隠居料三千石の扶持を支給するというものであった。

　そのことを知った千世は、悩み苦しむ忠隆に次のように語った。

「ここまで父上が宗家として条件を出されたとなれば、私がこのまま屋敷に留まることは貴方も含めて、家族のためにもなりますまい。過日千世は熊千代を産み、女子としての本懐を達成できたと喜んでおりましたが、三年後には失ってしまいました。それ以来、忠隆様の嫡男を孕むこともできず、妻としての責務を果たせず、不甲斐なく思っておりました。まして忠隆様は妾を取るでもなく、千世のことだけを愛して頂きました。しかし、小倉の父上様から私との離縁を条件に扶持を下さるとなれば、千世は加賀へ帰ります。幸い芳春院様も加賀でお待ちであり、ここが潮時かと思います。是非とも何方かと嫡男をお上げなさいませ。千世ででぎなかったこと…。ぜひとも嫡男を…」

千世の決断に忠隆は圧倒された。

そして、そんな忠隆と千世はしばらくお互いを見つめていた。そう、千世の毅然とした態度には間違いなく自分が身を引くことで忠隆が救われる…いや解放されるという配慮が滲んでいた。

そして次第に千世の瞼から涙が堰を切ったように流れ出してくる…。忠隆は、静かに千世ににじり寄ると、千世の頬を流れ落ちる涙を親指でふいた。そして「本当にそれでいいのか…」と千世の両頬を手のひらで優しく包むとつぶやくように尋ねた。

千世は栗色の瞳に溢れる涙を蓄えながら、愛する忠隆の瞳を見つめて（うん…）と少女のような頷きで応えた…。

忠隆はそんな千世を見ると体が震えだし、ついには千世を抱きしめ自分も泣き出していた。千世も感極まったか、すがるように忠隆にしがみつく…。

抱き合う二人の脳裏には走馬灯のようにこれまでの、母ガラシャのことや、幽斎のこと、そしていつも優しくしてくれた麝香のこと、また過日、切羽詰って加賀へ初めて二人で旅した思い出が一気に噴出してきた。

いつの間にか忠隆の着物の襟は千世の涙で濡れていた、そして…。

「忠隆様、千世は、千世は今まで幸せでした。私は今から貴方の風になります。貴方が嬉しいときも、悲しいときも千世は風となって貴方とともに…」

その先は千世の言葉は嗚咽の中でかき消されて言葉になっていなかった。

あれから二十一年もの月日が流れようとしている。その後、千世は加賀の前田家重臣村井長次のもとに身を寄せた。村井長次は前田家江戸屋敷に勤番しており、芳春院様から万一の場合は千世の面倒を見るように依頼されていた。このことは忠隆も知っていた。千世が村井長次へ再嫁した形をとり、徳川に説明できる形としたのである。村井長次には嫡男がおらず、織田有楽斎から養子を迎え、家督継承の形はすでにでき上がっていた。

忠隆は、千世との別れは辛かったが、京には千世との間に三人の娘がおり、子たちを守るためには仕方がなかった。

ただ、その後、親戚の公家たちからは、千世と忠隆との正式な離縁を知るや、後添えの斡旋が絶えなかった。忠隆は豊臣家浪人長谷川求馬の娘喜久と再婚することになった。その後、北野屋敷に入った喜久との間には、長男の忠恒が生まれ、翌年には二男忠春が誕生した。

忠隆は、天運か男子を得ることができたとき、何故かようやく自分の務めが果たせたような気がした。

摂取寺

忠隆は、八代を午前中に辞去し、午の刻には海沿いの江頭に到達した。江頭から東に入ると小野部田である。さらに、日岳麓の守山八幡宮を見ながら進むと、摂取寺のある北部田となる。

街道沿いの田畑はすっかり収穫が終わり、江頭の海岸から吹く冬の風が肌を打った。摂取寺は雁回山から八代平野へ伸びる稜線の中腹にある。北部田に忠隆が着くと、街道まで興秋が出迎えに来ていた。

　出家した興秋は、今では海雲和尚と称している。興秋の脇には、賢そうな小僧が控えていた。

「和尚、その子は誰ぞ。まさか…」

「なにを兄上は疑っておられる。この小僧は、近くの者で、私が時々、経典の教授の手ほどきをいたしておりまする」

　興秋は下賤な疑いを掛けられては堪らぬといった口調で応えた。

「さあ兄上、寺まで登りましょう。今夜は当寺にご宿泊でよろしいですな」

「そこまで甘えてもよいのか。そうして頂ければ助かる。父上と過ごした月日の悔やみ話でも聞いてもらいたいものじゃ」

　忠隆が、気さくな会話ができるのも、血を分け合い、いずれも父忠興から武家を廃業させられた者同士だからである。今は、二人とも藩経営には関与することなく、気楽な者同士であった。

ただ忠隆は、この先帰りの道中で熊本に立ち寄り、昨年他界した忠利の墓参をしたいと考えていた。そして若き藩主光尚とも会ってみたかった。

忠隆は、武家の身分は失ったものの、熊本藩の脆弱さをよく知っていた。京に暮らす日々で、茶事で知り会った商人たちが語る大坂の米相場の話から、各藩の経営が厳しいのは知っていた。ましてこの数年、熊本藩では天候不順もあり、米の収穫高が芳しくなかったことも知っていた。その上、先の天草島原の乱鎮圧で負担した藩の軍用金は膨大で、少しぐらいの米増収では、追いつかぬほどの借金となっていた。

そんな状況下、忠利の嫡男光尚が、どのような藩主となるのかを見届けることも、叔父の務めだと思えた。

秋の陽は短い。寺の門前から眺望する不知火海は、照り輝きだした茜色の夕陽がさざ波の中できらきらと踊っていた。山門から見下ろす百姓家からは夕餉の支度の煙が燻り、田園中が安息な空気に満たされている。穏やかな世を山腹から見下ろしていると、お互いを潰し合う時代が終わったと改めて感じる。興秋も、毎日和やかな人々の暮らしを見ていると、戦国の武家たちが、いかに意地だけで生きていたかを知ったに違いない。

興秋は、幽斎様の指示で大坂の陣で豊臣方に味方し、時世の天秤に乗っかったものの、結局は徳川の世となってしまった。仏門に帰依したことで、身を挺した過去が今につながっている。心の平穏は、人生の究極なる到達点だと思った。

「兄上、お酒の準備が整いました。本堂の中で一献酌み交わしましょう」

興秋の嬉しそうな声が、忠隆の心をほぐしていく。

「酒なぞ久しぶりじゃ」

「八代では父上とは酌み交わされませんでしたか」

「京では伏見や灘の極上の酒を楽しめるが、父の元には赤酒しかない。三斎流的茶事ですら赤酒だから堪らぬ」

忠隆の言葉を聞くと、興秋は苦い顔つきとなった。

「和尚いかがした。何か問題でもあるのか」

「申し訳ありませぬが、今宵の酒は伏見や灘の下りものではありませぬ。近くの球磨に相良藩がございますが、そこで焼酎が作られております。それをご準備いたしておりました」

「焼酎とな…」

二人とも笑い出した。贅沢などするつもりはないものの、「酒」は京では清酒のこと。忠隆は、郷に入れば郷に従うという言葉を思い出した。二人の笑い声が薄暗くなった本堂でこだました。

興秋は、球磨焼酎を清水で割り、徳利に入れ、そのまま燗付けして猪口に注いだ。忠隆は一口飲んでみた。ふくよかな味に深みもある。胃の腑に染み入って絶妙な気分になっていく。

「焼酎とは意外に旨いものじゃ。灘ものより酒精が強く思えるが」

「よくぞわかられました。焼酎の酒精は京の酒に比べると遥かに強いもの。初期仕込でできたもろみを鍋に入れ、火で炙るのでございまする。もろみが蒸気となり、その酒精が焼酎となります。料理の味を損なうえぐ味もなく、清水での希釈さえ間違わねば堪能できます。京の酒と違い、日持ちがよく、長く置くほど旨味が増していくものと聞いております」

徳利を片手にしたまま、興秋は顔をほころばせた。球磨焼酎を語りながら、忠隆の杯に二杯目を注いだ。

「おぬしもいろいろ物知りであるよ」

忠隆は、興秋の多弁に呆れながら、杯を一気に飲み干した。

忠隆の膳には、興秋が用意した酒肴が並べられた。近くの氷川で捕れたフナの膾、串銀杏の塩焼き、からすみ、鰤の吸い物。二の膳には麦飯に自然薯のすり身が添えてあった。

「今宵の料理や焼酎は、おぬしがここの人々との縁がつくりあげた財産のように思える。からすみなどは、京ですら食するは至難の業じゃ。よくぞ手に入ったものじゃ」

「切支丹征伐後に、鈴木正三殿からの要請もあり、天草に赴いていたのですが、そのとき世話した浜の者たちが、礼といっては毎年からすみを届けてくれるのです」

興秋は、大坂の陣の後、京の知恩院で得度を得る修行を重ねた。たまたま鈴木正三も武士を辞め、僧侶を目指したことを忠隆は思い出した。

鈴木正三

鈴木正三は、元々徳川の旗本直参であった。本多正信の配下として、関ヶ原や大坂の陣で活躍する。だが、生死を懸けた戦いの中で、人の世のはかなさを知る。仏教の経典を読み、鈴木家の家督を弟重成に譲り、幕府から隠居が認められ僧侶となった。当初は浄土宗での得度を目指したが、最終的には曹洞宗の僧侶になった。

興秋は、知恩院での修行の折、何度か遠くから正三の姿を見かけていた。興秋は旧知の者から素性がばれることをおそれ、武家とは極力接触を避けていたが、あるとき正三と正面から向き合う機会があった。

「細川様では…」と、興秋は正三から問われた。

興秋はうろたえたが「拙者とて仏門に入った人間でござります。現世過去の履歴など雨霧の中に消えておりまする」と、正三は興秋の不安を一蹴した。

二人は京で会う機会が増え、いつの間にか昵懇の間柄となる。そんな縁から、天草島原の乱が治まった後、正三から天草の復興の手助けをしてくれないかとの申し出があった。

興秋は、父忠興も肥後に居ることもあり、正三に手を貸すこととなった。興秋が天草に出向いてみれば、全島が切支丹暴動で荒れるにまかせていた。当時、正三の弟重成が老中松平伊豆守から天領天草の初代代官に命じられていたが、以前の天草に戻す仕事は苦労が絶えなかった。

なかでも、人心の安定には欠かせない魂の拠り所が失われていた。弟からの協力要請を受けた正三は、あらゆる宗派に呼びかけ、天草全土に仏教寺院を建立する。仏門をもって天草の復興に尽力したのである。

正三は、興秋より二歳年下であったが、武士としても胆力が抜き出ていた人物である。切支丹に傾倒していた天草を回っては、仏門での救心を布教していった。

興秋も武家の出である。人一倍の胆力も持ち合わせている。二人は、切支丹一揆直後で不穏な空気が残る天草において、宗教問答の日々を送った。

あれから五年の月日が流れようとしていた。先般の天草島原の騒動は、もとはといえば小西行長家臣の浪人らが仕掛けたものであった。豊臣時代の残り火のような戦である。

乱首謀者の益田甚兵衛好次は、策謀に長けた人物であった。当時の天草島民は、切支丹か仏教など関係なく、天候不順による凶作で窮乏状況にあり、精神的に追い詰められていた。

一方、天草を治めていた唐津藩の寺沢堅高は、天草領民に一切の情けなどかけない過酷な統治を強いていた。正三と共に布教に歩いた興秋は、村々で一揆の顛末を聞いた。そのことで、今回の騒動の元凶をよく知ることになる。

正三は、天草復興の策を思いつけば、すぐに本戸に居た弟の重成に文をしたためて送った。その効果は思いもかけず早く現れた。興秋が天草に来て一年経とうかというころから、人心が変化し始める。苦しみに耐えていた島民たちに一筋の希望の光が差しはじめた。最も喜ばれたのが、年貢の減免である。

　興秋は、仏門に入り、仏心を追い求めることはあったが、現世で布教をすることなどなかった。だが、天草の地で人々の苦渋を聞くだけで、村人の心が癒されていくことを感じ取った。時が進むと、寺院建立に村人たちが加勢するようになった。時には食べ物から焼酎、夜伽の女性までを手配してくれた。天草で、初めて仏僧の果たすべき役割を悟った。

　一方で、天草の人々からは感謝の気持ちを込めて野菜や魚などが送られるようになった。そのことで、興秋自身にも、改めて人の心の温かさを感じる気持ちが芽生えた。からすみは、こうした天草の村人の感謝の印として届けられたものである。今年は、忠隆が熊本まで来ると聞き、興秋はそのからすみを大切にとっておいたのである。

「兄上、父上との再会の話を聞かせてくださりませ」

　興秋は杯を飲み干すと、最も聞きたいことに触れた。

「おお、そうであった。おぬしの話を聞いて島原での騒動が理解できたような気がする。さて父上のこと、おぬしはどこまで知っておる」

「知っておるというほどのこともありませぬが、父上は忠利の他界に、ひどく気落ちされていたのは間違いありませぬ。兄上を呼ばれたのは、それなりの理由があってのことではありませぬか」

「おぬしの言うとおりかもしれぬ。これが三十年前であれば心も揺れ動くが、歳月は流れ、わしも年取った。今更であろう」

興秋は忠隆の言葉に頷いた。忠隆は飲みかけの焼酎を一気に飲み干すと、興秋に杯を差し出した。

八代城北の丸

八月の初頭であった。京の忠隆のもとには熊本の父忠興から催促の文が何度も届けられていた。肥後初代藩主忠利は前年に他界、忠興も七十九歳の高齢となっていた。確かに老いた忠興には不安が募っていたとは思えた。

だが、廃嫡から千世との離別の強制、忠隆家の嫡男問題など、覇権を思う存分使った父と何を共感し、力を合わせることができるというのか…。そんな気持ちを抱いて、八代に出向いたのである。

　当時、忠興は四男の立孝と八代城で暮らしていた。忠隆が大手門にたどり着くと、すぐに家臣に案内されて忠興の隠居所である北の丸に赴くことになった。海に面した北の丸は海風が強く、海岸には防風林の赤松が植えられていた。だが、そのおかげで夏場には風が遮られ、城内には蒸し暑い空気がよどんでいた。

　北の丸に入ると、奥に茶庭が造作され、その手前には臥龍梅が植えられている。春には咲き誇る梅花が茶庭に彩りを加えることが見て取れた。父は立孝と座敷で待っていた。座敷からは海が眺められ、かすかに風が吹くのが感じられる。

「おお忠隆か。遠路よくぞ来てくれた」

　忠興は目尻に皺を集め、破顔一笑で迎えた。傍には今年二十七歳になる立孝が平伏している。

　すでに忠隆は長岡無休と称していたが、父は息子を実名で呼んだ。

「父上、このたびはお招き頂き、ありがとうございまする。ご健勝なご様子を拝見でき、恐悦至極でございまする」

忠隆は丁寧な挨拶を口にしたが、忠興は何かを求めるような眼差しで見つめていた。

「長岡はおらぬか」

忠興は大声で筆頭家老の松井與長を呼んだ。與長は、最近では長岡佐渡守と名乗り、忠興の腹心として迎遇されていた。

すぐに松井與長は姿を見せると、忠興の面前に座り深々と平伏した。

「長岡、そちも知っておる通り、忠隆が京より駆けつけて来てくれたのじゃ。先般から話しておったこと話してやってくれぬか」

「それは殿がなさるのが筋では。ここは親子の関係に他人の私がお話しするよりも…」

長岡佐渡守は、忠興と同等かと思わせるぐらいの口調である。幽斎様からは、松井家と細川は同等に近い関係と聞いていたが、ここまではっきりと言う與長に肝の太さを感じた。

「なに、そちに頼みたいのじゃ。わしが口下手なのは長岡も知っておろう」

忠興は少し不機嫌になった。

「忠隆様はたった今ご到着でござりまする。長旅のお疲れもあるやしれません。ゆっくり日奈久にでも逗留され、疲れをお癒しになられてからでも構わぬではござりませぬか」

忠興は、興長の提案に、事を急いだ自分を恥じた。

「そうじゃ。まずは旅の疲れと汚れを落とすのが先じゃった。立孝、忠隆のお供をして日奈久へ案内してまいれ」

立孝は性格的におとなしい。「承知しました」と答えると、忠隆を別室へ案内した。久しぶりに再会した兄弟であったが会話はとぎれがちである。忠隆は、立孝の気分が優れないと感じた。

その後、二人は数人の家臣と馬を駆り、城内から日奈久へ向けて走り出た。出家した忠隆には、久しぶりの乗馬であった。ただ馬上にまたがると、無意識のうちにも手綱を操ることができた。

城下を抜けると、広がる青い稲の群れが夏の陽光の中で輝き、田園を渡る風がすがすがしい。球磨川の川岸に出ると、忠隆は壮大さに圧倒された。川の恩恵が八代の地を豊かにしている。

一行は薩摩街道を南へ向かい、日奈久には日没前に到着した。細川の宿は決まっているらしく、家臣が先導し、湯治屋にわらじを脱ぐことになった。

昔から温泉は、病の快癒を求める者たちが利用していたが、昨今は、京都の公家たちも摂津や丹後で温泉を「癒し場」として堪能している。平和な時代が訪れた証である。京を遠く離れた日奈久まで来ると、丹後や摂津との湯質の違いに驚かされた。

忠隆が京を出立して一ヵ月になろうとしている。八代までは、まず大坂から船で肥後藩の飛び地である豊後鶴崎を目指した。鶴崎からは、久住、阿蘇を経由するが、忠隆は熊本城下には寄らず、まっすぐ八代まで歩き続けた。

今年六十二歳になる身体には、長旅の疲れがたまっている。忠隆は、風呂を所望し足腰の疲れを解いているうちに、立孝とこれからのことを話してみたくなった。

「立孝殿、そろそろ一献頂こうか」

　夕闇の中、座敷には夕餉の膳が準備されていた。忠興が忠隆に気配りしたのか、伏見の酒も用意してある。

「このたびは父上の呼び出しをお引き受け頂き、まことにかたじけないことでござりまする」

「立孝殿いまさら何を…。父上からの呼び出しは、扶持を頂戴している者としては当然なこと。気になされまするな」

　忠隆は、立孝の気の遣いすぎに苛立ちを感じていた。忠隆は、腹違いの兄弟であっても忌憚なく話し合いたいと思っていた。だが、立孝の言葉からは、忠隆の望むような親密な雰囲気は感じられない。

　立孝は、忠隆、興秋、忠利の母玉子が産んだ子ではない。関ヶ原の後、忠興が後妻とした幾知との間にできた子である。立孝は細川の命運を賭けた戦いを経験したことはない。生まれてすぐに出家させられ、立允と称していた。忠隆にとっては、三十五歳も年下の弟である。

ただ立孝をこの十年間愛してやまないのが忠興である。細川家の肥後移封に伴い、熊本へは子忠利が入城する。それと同時に、忠興は立允を還俗させ、立孝と改名させ、隠居所とした八代城へ帯道したのである。

その後、立孝の嫁として京の五条家から鶴を迎え入れる。忠興は北の丸に住み、若夫婦は城内に住まわせた。その立孝も、五年前の天草島原騒動では、忠利に追随して出陣していた。だが、忠興の意向からか、立孝は戦いの場に出向くことはなかった。陣内に居ただけであった。

「立孝殿、八年前に京から嫁取りされたと聞いておりまする。鶴様はご健勝でござりまするや」

「ありがとうございます。鶴も息子の行孝も元気にしております」

「それはよかった。次回お二人に城内でお会いできること楽しみにしておりまする」

家臣の柴田重三郎が、立孝と忠隆に酌をしながら会話に加わった。

「休無殿、このたびはご隠居様のご要望もありましたが、遠路京から八代までのお出まし恐悦至極でございます」

「丹後の訛りがあるように思えるが…」

「ご明察でございます。拙者は丹後田辺の出身で、ご隠居様には先代からご奉公致しております」

　忠隆は五十過ぎの柴田重三郎が妙に好きになった。久しぶりに聞いた丹後訛りと合わせて、細川の原点に近い気概を感じた。忠隆は自分の盃を急ぎ飲み干すと、柴田の面前に盃を差し出した。

「そうか田辺の出か…。さあ一献飲まれよ」

　柴田から酒器を取り上げると、盃になみなみと酒を注ぎ、盃を柴田に差し出した。

「殿、このような田舎で銘酒伏見の酒など頂けるなど、私には過分でございまする。平にご容赦を」

　柴田はたちまち膝を数回後ろに摺り下がり、深々と平伏した。忠隆はますます気に入り、「立孝殿、柴田が酒を飲むのを許されよ」と立孝に促した。

焦ったのは立孝である。

「柴田、兄上のご所望じゃ、早々に杯をあけよ」

柴田に投げかける言葉には震えが混じっていた。柴田は忠隆に摺り寄ると、盃を頂くと神に捧げるように天に献杯し、そのまま一気に飲み干した。

「如何じゃ、柴田、飲み心地は」

忠隆は問いかけてみた。

柴田は、満面の破顔となった。座敷に居合わせた者たちは、柴田の満足顔を見ると一斉に爆笑となってしまった。座敷中の笑い声が立孝にも乗り移り、緊張していた座が一気にほぐれた。忠隆は、これでようやく兄弟が本音で語り合えると思った。

宴が盛り上がるにつれて、二人は兄弟らしい会話を交わせるようになった。年の差と腹違はあっても、同じ忠興を父としている二人である。今の立孝は細川の一員として忠興を補佐していることに間違いなかった。忠隆は、父の要請があって八代に出向いた。改めて立孝と兄弟の契りを深めることは望むところである。

興秋も、同様である。細川のこれからを考えると、大きな収穫だと思えた。

夏の夜明けは早い。目覚めても、昨夜の酒が残っていたのか、まだ頭がぼんやりとしていた。忠隆は岩風呂に入ることにした。岩風呂のすぐ近くまで海が迫っており、夜明けの朝靄を通して涼しい海風が渡って来る。忠隆は湯船に腰まで浸かって、昨夜のことを思い出した。

昨夜の宴では、柴田から意外なことを聞かされた。なんと忠興が肥後を二分し、隠居領としている下益城郡、八代郡九万五千石を立孝に継承させ、支藩とする考えを持っているというのである。柴田は忠隆のことを疑うこともなく、その節はよろしくお計らいをと懇願した。だが、肥後細川家の家臣団には、隠居様の考えを面白く思わぬ者たちもいると話し、最近では双方の意見の食い違いが表に出ているとも語った。

（父上はまたもや争いの種を播こうとされている）

忠隆は柴田の話を思い浮かべながら、熊本城にいる二代藩主光尚にどう接したらいいかを考えた。父が自分を京から急ぎ呼び寄せた理由もわかった。柴田の話を聞き、初めて忠興の真意を悟った。

そう――自分は、父の味方として八代支藩実現のために呼ばれたことになる。光尚はようやく二十歳を過ぎたばかりで、政略を操れるほどの年頃ではない。

光尚派と忠興派とに分裂し、家臣同士が争えば、徳川は待っていたとばかり、所領管理不行き届きとして処理することは間違いない。ここは平穏に事を収めることが絶対条件であった。事が表に出る前に、政治的な争いを鎮めることが必要だと思えた。

数日後、忠隆たちは日奈久から八代に戻った。八代では、立孝の正妻鶴と子である行孝と面会した。立孝同様に忠興に気を配る日々を過ごしてきたためか、二人とも顔色が優れない。鶴は公家の娘である。九州での生活にはなかなかなじめなかったに違いない。息子の行孝の成長だけが、楽しみだと思えた。

忠興は、忠隆たちが日奈久から戻ると、北の丸の茶室で連日茶事を行った。忠隆は、茶事の頻度が高まれば高まるほど、心が空虚になっていく。父のために犠牲になった人たちがどれだけいたかと思えば、素直に楽しむことはできなかった。

幽斎様ですら隠居の身でありながら、息子のためにさまざまと尽力した。祖母麝香も、興秋出奔後、父忠興から懇願され江戸へ証人として旅立ち、そのまま世を去った。忠隆の妹伊也に至っては一色義有に嫁いだものの、夫は兄の忠興によって面前で刺殺されている。

誰もかれも忠興のために犠牲にされてきたことが、走馬灯の如く忠隆の脳裏に浮かんだ。忠隆は、父と接しているだけで、やり場のない気分になった。立孝は、何のために還俗させられてまで八代に呼ばれたのか。父の都合だけが優先されているとしか思えなかった。

白玉団子

残暑の厳しいある日、忠隆は一人で北の丸を出ると海岸まで下った。すると、忠隆の姿を見つけた松井與長が、急いで城内から追い掛けてきた。

「いかがでございまするか。忠興様との日々を楽しまれていらっしゃるのではありませぬか」

忠隆は、興長が何を言い出すのか気になった。赤松の群れる砂浜で陽光を避け、海を眺めた。

「今日はよい機会ですから、少しお話をさせて頂ければと思いまして」

「はて、何事でございまする」

忠隆は興長の横顔を探るように見た。

「休無様のお気持ちもわかります。ただ今ばかりは、私の話をお聞き頂きたいと思います」

興長は、有無を言わせぬといった語調で言った。それは、何かを決意した意思にも聞き取れた。

興長は、この数年間、細川家に鬱積する懸案事項を話し始めた。小倉から肥後移封が幕府から下知され、忠興、忠利たちは家臣団によって加藤家の後を引き継いだ。家臣団には、それぞれに役目を振り分け、事を慎重に練り上げて肥後へ入国した。だが、そのとき以来、家臣団は忠利派と忠興派に分かれ、それが今回の八代支藩問題へつながっていているという。

興長本人の口からは、家中の勢力バランスが忠興の気分しだいで二転三転することも多いと語られた。以前など、忠利が幕府から早急に対応を求められている問題について何度も忠興に打診するものの、気分次第では数日間も書状が置き去りにされることもあった。また忠興は溺愛する立孝と共に八代に入ったこともあり、月日が流れるにつれてますます熊本の忠利との関係は悪くなる一方だったという。

忠隆は、興長の話を聞きながら、父の言動が細川家に害を及ぼしていると感じた。昨年、忠利が急に世を去ったのも、父との確執による心労が原因ではないかとも思った。

興長は従って来た家臣に命じ、麦茶を添えた白玉団子を忠隆に差し出した。

「お口汚しになるやもしれませぬが、この白玉は当地の名物であります。暑きときは口当たりもよく、滋養にもなりまする」

菓子の振る舞い方にも、忠隆は興長の人柄が出ていると感じた。

「かたじけない。ちょうど喉も渇いていていた」

忠隆は、麦茶を一気に飲み干した。

興長は話を続けた。

「そんな雰囲気が、最近は熊本や八代の下級武士の間まで伝わるまでになり、私としては危惧を感じている昨今で…。そこで休無様にお願いがござります」

「わしに願いとな」

「忠興様が、休無様を京からお呼びなされたには理由といいますか、最近は一度思い込まれたら目的を達するまで止まらぬようでして…。立孝様に八代の九万石を継承させるため、まず休無様に継承させたあと、立孝様へ引き継がせる腹にござりまする」

忠隆は、その言葉に身震いした。

（まだやるか。あの三十数余年前の如く…）

忠隆の気持ちは一気に高ぶった。手に持っていた茶碗が震え、麦茶がこぼれた。

「ぜひとも忠興様からの要請をお断り頂きたく…」

忠隆は、無言となった。無論、忠隆は父の言いなりになるつもりはなかった。

いま最も大切なのは熊本の光尚でもなく、八代の立孝でもない。護るべきは細川の秩序ある体制であった。

　父の隠居料としての八代九万石は仕方ないとしても、当節の各藩の現状からすれば、支藩としての九万石は常軌を逸している。支藩としたいという届けを幕府に提出したとしても、まず認められることはないだろう。本家熊本藩まで疑いの目で見られることになりかねない。

　このことは、忠隆の立場では筆頭家老の興長に言えるものではない。むしろ、事が表沙汰になる前に火種を消してしまうことが一番かと思えた。それにしても、あまりにも時間がない。忠利他界後の熊本には若い藩主光尚がいるだけである。

「お話し頂きかたじけない。おぬしの苦労も絶えませんな」

　忠隆は慰めの言葉をかけたが、脱力感に襲われていた。興長はじっと忠隆を見つめていたが、そのまま忠隆に一礼すると、無言のまま城へ戻っていった。

　それから数日後であった。忠興が北の丸に改めて忠隆を呼び出した。

「忠隆、おぬしに詫びなければならぬことがあっての」

忠隆は静かに父と対峙したが、次の言葉が父の口から洩れたとき、心が震えた。

「千世のことじゃ。昨年加賀で亡くなったそうじゃな。今では千世には悪いことをしたと後悔しておる」

忠隆は無言のまま父を見つめた。興長も同席していたが、座敷には父と子だけの時間が流れた。

「改めて千世との離別、おぬしを廃嫡にしたことを許してもらいたい。どうじゃ忠隆、父を許してくれぬか…」

忠興の声は小刻みに震えていた。忠隆は、そんな父の姿を何度も見て知っている。

(嘘つきが…)

そんな気持ちしか湧き上がってこない。

「父上、何を申されますや。忠隆にとっては、遠い昔の出来事、忘れましてございまする」

忠隆は、自分でも予期せぬ言葉が口から出た。

(嘘には嘘の言葉がふさわしい)そんな声がどこからか聞こえてくる。

「おぬしは父を許してくれるか…」

父の顔が一気に明るくなった。

「父上ご心配は要りませぬ。忠隆とて今や禄を世話になる身でござりまする。今更、父上を許す、許さぬなど思ってもおりませぬ」

忠隆は、自分でも信じられぬほどの美辞を父に返した。

忠興は納得したかのように気を解き、話を続けた。

「そこまで父に気を遣ってくれてありがたいと思っておる。おぬしには、きっと父の気持ちを理解してもらえると思っておった。そうなる夢も何度も見てきたのじゃ。父として、今までおぬしに不義理をしていた償いとして、八代の知行地をおぬしに渡し、この父と共に住んでもらいたい。どうじゃ、八代を支藩とし、そちが初代藩主になるというのは…。是非とも受けてほしいのじゃ」

忠隆は、ついに父の正体が露見したと思った。

(哀れな父である)

忠隆の心がどんどんと乾くようであった。

「身に余る光栄でござりまするが、果たして父上のご期待にお応えできるか」

「何を申すか、おぬしは充分に支藩を経営できる能力を有しておる」

「父上、如何でしょう。まだ私も八代に滞在する所存でござりますし、いましばらくの猶予を…」

「そうじゃの。ゆるりと考えるがよい。その間に茶事でも釣りでも楽しむがよい」

忠興は満面の笑みを浮かべた。座敷の外まで従った興長は、北の丸を去る忠隆にいつまでも深く頭を下げ続けた。

三斎茶室

それから三ヵ月が過ぎた。

茶事三昧、薪能、釣りなど、夏から秋の八代に数奇者が参集し、享楽な日々が続いた。さすがに、七十九歳となる忠興も遊び疲れたと思ったのか、あるとき茶室に忠隆と興長を呼び、三人で茶を楽しむことになった。三斎流と言われる古茶らしく、鄙びた茶室である。一見すればどこかの農家の居間かといった風情の手狭さで、土壁は炉の煤で黒く光っていた。

利休も晩年は三畳の茶室を好みとしていたが、その影響か三斎も狭き空間を好んだ。忠興の茶室も外から流れ込む光だけを明かりとしている。

忠隆は興長と二人、待合から露地へと進み、にじり口から茶室へ入った。しばらくすると茶道口が開き、忠興が茶道具を運び込み、茶を立てていく。忠興が茶を立て終わると、濃茶が正客の忠隆に差し出された。二人が飲み干すと、高田焼きの濃茶碗を亭主の忠興に戻した。

「いかがじゃ。この茶碗、なかなかのものであろう」

「すばらしく品の高き茶碗でございました」

忠隆が受けの言葉を返す。

忠興が言葉を続けた。

「この高田焼は豊前から連れて参った上野に開かせた窯である。焼く者の技量があればこそ土も生きてくる。ところで、先日の頼みであるが、おぬしからそろそろよき返答をもらいたいと思っておる。おぬしが初代藩主になるということで徳川に届けを出せば、支藩として認めること間違いない。本多正信から、おぬしに旗本へ仕官を求める依頼が届いておろう。それほど、幕閣に対するおぬしの評価は高いということじゃ。いかがじゃ」

暗い茶室の中で、父のくぐもったような声が響いた。今更、問答無用といった語気に溢れていた。

茶室内は静寂が支配していた。時折、釜のお湯が沸く乾いた音が聞こえた。

「父上、忠隆は男を止めましてござりまする」

忠隆の冷えた声が闇の中に吸い込まれた。

「男を止めたとは…」

「忠隆はすでに無の世界に住む者にて、巷の生業(なりわい)には不向きとなっておりまする。故にこの世では、男という責任の宿る生業を廃業しておりまする。父上のたってのご所望でござりますが、申し訳ありませぬ」

忠隆は言い終わると、忠興に深々と平伏した。忠隆の言葉は、一気に忠興の期待を打ち砕いた。そして自らの覚悟の強さを、平伏という形で表していた。

暗闇の中で、ただ沈黙の時間だけが流れた。同席した興長は忠興の様子が気になり、僅かな外光から浮かび上がる忠興の顎下を見つめていた。だが、忠興の気持ちは読めぬままであった。

それから数日後、忠隆は再び北の丸の忠興に別れの挨拶に赴いた。忠隆にとってこれ以上、八代での長居は不要である。なぜなら父に再び何かを懇願されることが、心の中で重荷となっていたからである。

北の丸座敷で、忠隆が別れの挨拶を切り出すと、父の反応は意外にもあっさりしていた。期待していた忠隆の役目が消え、忠隆自身が利用価値のなくなった抜け殻にしか見えなかったからに違いない。ただ、忠隆は帰京挨拶の最後に「京にて父上を待っておりまする」と伝えることを忘れなかった。

それは父が考えた八代支藩を自分が断ったことで、親子の絆が断絶することを打ち消す必要があったし、年老いた父へ対する忠隆の最後の思いやりであった。

翌日、忠隆は八代から帰途についた。興長たちがしばらく同道した。二人は語り合うこともなく、付き添う家臣たちも無言のまま歩き続けた。一行が八代の町外れに差し掛かると、興長らは薩摩街道の地べたに平伏し、忠隆を見送ったのである。無言の別れであったが、双方とも無事に事を収束させたという達成感があった。

忠隆が興秋に八代での顛末を語り終わったのは、すでに夜明け近かった。

忠隆は、明日熊本で光尚と会う予定である。少しばかり仮眠し、明日の力を養わなければならなかったが、別室へ移る気力もなく、興秋が本堂の奥から引きずってきた夜具に二人枕を並べた。何十年か振りのことである。横になると、二人とも、このように語り合う時間が遠い昔にもっとあったらと思わずにいられなかった。すると目尻から自然に涙の雫が枕に流れ落ちた。

翌朝、忠隆は陽が昇ると、興秋が作った粥を啜り、熊本へと旅立った。秋の深まりの中に燃えるような朝日が田畑を輝かせている。

「達者でな」

「兄上こそ」

二人が交わしたこの世での最後の言葉である。笠のあご紐をしっかり結ぶと、忠隆は笑顔を興秋に投げかけ、ゆっくりと歩き出した。

第三章　綱利

酔月亭

綱利は考える。幽斎様の生きていた時代は苦労の連続だったが、今の世もそれなりの苦しみはある。しかし、時代の潮流の中で細川が生き延びたのは、先に戦略を放ち、一命を賭しても時代と格闘してきたがためではないか。

綱利は、そんな意味から忠利公の手により生まれた「水前寺御茶屋」は、細川の辿った苦悩の歴史経過を、庭園として次世代の系譜者に伝える「場」とすべきだと思っていた。

「成趣園」は、陶淵明の漢詩の「帰去來辞」から園名をとった。陶淵明の四言詩に「子に命（なづ）く」というものがある。綱利が最初に感動したのは、その題名であった。「子」に「命」と書いて「なづく」となる。細川が継承してきた道程そのものではないか。そうであるならば、これからの継承者にも、先人たちの魂をしっかり受け継いでほしい。その思いから、綱利は「成趣園」と命名することにしたのだ。

また「帰去來辞」の中に「園日渉以成趣」という文章がある。「庭園は日に日に趣が増してくる」とある。この一節も細川らしい。肥後も同様で、細川が入封して以来、宇土藩、熊本新田藩と増え、三斎公のご隠居領であった八代三万石も、今では筆頭家老松井興長が治めている。

肥後を我が家とすれば、陶淵明の書いた「帰去來辞」の一節「審容膝之易安」（狭いながらも我が家は居心地のいい、そんな気持ちにさせられる）と同様に思え、これからの細川にとっては意味のある現世家訓かと思えた。

ただ、ここに至るまで綱利が知りうる細川の歴史は、すべて八代の興長から口伝されたものである。唯一、細川に現存しているとすれば、幽斎様がお書きになった細川の「綿考輯録」のみで、南北朝や室町時代を生き続けた細川の苦悩の歩みであった。

「成趣園」に対しては、興長から藩費乱用を控えてくれとの書状が届いていた。ただ綱利としては、どうしても細川の辿った道程と、これからも生き抜いて行かねばならぬ細川のために「成趣園」を完成させたかった。

そして、あの忠隆叔父の最後までぶれない幽斎様直伝の思考法は、間違いなく今に生かされているような気がして、無性に会いたい人物であった。

そこまで思いを馳せながら散策していると、いつの間にか薄暮となった。薄暗い湧水池で突然、鯉が飛び跳ねる。綱利は、宣紀が着いているかもしれぬと、酔月亭へと急ぎ戻ることにした。


酔月亭のにじり口から中を伺うと、宣紀が茶室で待っていた。三畳の茶室は夕暮れで光沢を失い、座している宣紀の膝がわずかに見えるだけである。綱利は、ゆるりと茶室に入った。宣紀は、座していた場所を外して、深々と平伏し綱利を迎えた。

「今宵は殿のお招きを頂き、恐悦至極でございます」

今年三十六歳となった若き後継者は、闇の中で感謝の意を表した。

「随分待っていたのか」

「いや、それほどでもありませぬ。皐月には成趣園までの道のりを楽しむことができます。先ほどお邪魔したばかりで…」

「そうか、わしも園内を散策しておった。薄暮の園は深い思いに導いてくれるものだ」

そこまで言うと、綱利は軽くため息を漏らした。

「今宵は、おぬしにもいろいろと伝えなければならぬこともあり、茶事懐石を楽しみたいと思っておる」

綱利は、手を叩いた。

茶道口の襖がすっと開け放たれると、平伏した小堀茂竹が姿を現した。

「茂竹、今宵は頼むぞ」

綱利の言葉は少し重かった。それには理由がある。

細川は幽斎、三斎と茶事に関しては利休居士から教授していただいた流れがあったが、忠利公の肥後入封に際し、小倉から古市宗庵を茶頭として召し抱えている。水前寺御茶屋ができたのも、宗庵の知恵の結晶であった。

問題は、後継者のことである。初代古市宗庵の後継者が次々と他界し、五世古市宗佐が茶道頭を継承するはずであった。ところが、四世古市宗佐が江戸出府中に他界してしまったのである。五世古市宗佐は年も若く、茶事作法の指導ができていなかった。

それがために、四世宗佐が亡くなる前の宝永元年(一七〇四)六月、小堀茂竹に秘伝を伝えるということになった。茂竹には、肥後へ戻り、来るべき時期に五世宗佐に奥義を伝授することも合わせて命じてあった。ただ、小堀茂竹も小堀家の直系ではない。先代の小堀長左衛門の養子として小堀家を継承していただけに責任も重かった。

茂竹は「承知致しました」と平伏したまま答え、水屋の襖を閉じ懐石の準備にかかった。

「宣紀、これも幽斎様の古今伝授と同じことかと思う」

「拙者も、そのように思っておりまする」

薄暮から暗闇に向かう茶室での会話は、細川の積み重ねてきた歴史認識が交差する場となった。

「四世宗佐は茂竹に利休居士の秘伝を伝授し、その作法を五世に受け渡すことを茂竹に命じられた。それは幽斎様の担われた古今伝授の意思となにも違うものではない。今、この世に細川が残せる秘伝かも知れぬ」

綱利はこの数年、細川存続のため、後継者に何を一番に伝えるべきかを模索していた。

暗闇から茂竹

利休居士の娘婿となった円乗坊宗円は、織田信長最期の地となった本能寺の僧であった。利休は、秀吉との切迫した関係に嫌気がさしていた時、秀吉からわが娘を妾として所望されたことがあった。だが、おのが娘を太閤殿下の妾として出世したと世間に思われることを嫌い、円乗坊を急遽還俗させ、娘の婿とした。その流れで、細川家は円乗坊の娘婿となった古市宗庵との関わりが生まれ、利休居士の秘法を得ることができたという経緯がある。

一方、利休の息子道安は、利休存命中から父との関係がうまくいかなかった。利休は、道安の手際良さの点前を忌み嫌った。利休切腹後、道安も秀吉の命により蟄居となるが、四年後に許され、堺の利休本家の家督を継承する。しかし、その後、堺の千家は断絶となる。

また、利休の後妻の連れ子であった少庵も、利休切腹後は蟄居となるが、その後許されて京の千家を継承していた。少庵の子にあたる宗旦は大徳寺の僧で、口減らしのために僧籍となった人物である。それには理由がある。

少庵は道安と同じ年で、しかも利休の娘を妻としていた。そのため、千家継承が複雑にならぬようにと、利休の孫である宗旦を僧籍に入れた。しかし、京千家継承のため、少庵の提案で宗旦は還俗、千家を継承することになる。当時、道安が堺で千家を継承しており、利休死後しばらくは二つの千家があった。秀吉は、道安と少庵の蟄居を許すにあたり、利休居士の茶道具を少庵のみに下したという。そのため、世間では宗旦が利休の後継者との認識が強くなっていく。

その宗旦に利休の求めた茶事などを伝授したのが、古市宗庵や細川三斎公であった。少庵は、関ヶ原の戦いの年に早々と隠居したため、千家は宗旦が担っていくことになる。だが、祖父利休の政治的な立場が、千家を苦境に追い込んだことから、宗旦は仕官することを嫌い、質素な生活を続けた。宗旦の向き合った茶事は、古市宗庵から伝授された利休の真髄を継承し、更に侘びた世界へととぎすまされていた。その宗旦も、綱利が十五歳の折、死没している。

一方、肥後の三斎流は、茶事に関する思想性が違っていた。千家の茶事は宗旦以来「侘びる」ことを重んじたが、三斎流は、むしろ武辺者の茶事思想が底辺にある。茶事とは亭主と客は同格であり、一度茶室で出逢えば身分の上下など存在しない。むしろ亭主の「もてなし」で招かれた客全員で空気を分から合い、その時を楽しむ世界のみが存在する。

ただ幽斎や三斎が生きた、食うか食われるかといった切迫した日々の中で、茶事とは唯一禅的な「空」になる「場」としてあった。現世の「生命」をいかに鮮明に表現し、そこに心の充実を得るかという極限的世界であった。日々の時の流れの中で、朝露の如く湧き出る今の趣を大切にし、また楽しみながら生き抜くといった利休居士の思想を、三斎流は踏襲している。

今の細川も同じである。太平の世になったとしても、その時代感覚の中で如何に生き抜くかが大切である。成趣園ですら、細川が経てきた苦渋と精神を庭園として残し、酔月亭の茶室の景とすることで、後世に伝える役目に綱利はしたかった。

茶道口の襖が少し開き解き放たれた。茂竹が、炎を揺らせている燭台を茶室に運び込む。茶室の中は澱んだ暗闇が去り、ともし火で満たされた。すでに、点前の場では、風炉に釜がかけてある。

茂竹はすぐに水屋に戻ると、炭斗を持ち茶道口で深く平伏した。風炉は皐月の熱気を抑えるため、朝鮮風炉が準備されている。釜は名物の四方釜「とまや」である。

四方釜は三斎好みのもので、大西五郎左衛門入道浄清の作と聞いていたが、宣紀も見るのは初めてである。釜の表面には、三斎公直筆で書かれた「見渡せば花も紅葉もなかりけり、浦のとまやの秋の夕ぐれ」と藤原定家の和歌がある。皐月にはふさわしくないと思えたが、熱気が残る時期には、釜自体も小ぶりであり、湯温が熱し過ぎぬようにと配慮しての用意であった。

茂竹は風炉の前に正座すると、炭斗を風炉の隣に置き、炭以外の諸道具を定位置に揃えた。すぐに水屋に戻り、灰器を準備して帰ってきた。そして、風炉近くに正座すると、懐から釜敷きを取り出し右膝の前に置いた。両手で鐶を四方釜の耳に通すと、ゆるりと釜敷の上に置いた。その後、風炉正面に戻ると、羽箒を取り出し、決まった手順で風炉を掃きだした。

「今宵は利休居士が切腹の折、三斎様に贈られた茶杓を用意しておる」

綱利の言葉は、さらりとした口調となった。

「利休様から寄贈されたあの茶杓ですか」

「宇土の行孝から戻してきたものじゃ。行孝も成趣園が完成に近いのを知っての気の遣いかと思う」

綱利は、利休と縁深い茶杓を今宵使うという。

宣紀は、綱利様の死期が近いのではないかと思った。その茶杓は、細川であれば誰もが知っていたからだ。

天正十九年（一五九一）正月、秀吉の逆鱗に触れた利休は、堺に蟄居を命じられる。だが、怒りが治まらない秀吉は、利休を京に呼び戻し、切腹を命ずる。その使者が来る前日まで、三斎公は助命に奔走していた。

二月二十八日早朝。切腹直前の利休は、葬礼奉行として検分に立ち会っていた神戸喜右衛門次義に「茶杓は是にて候と忠興公へ申して給り候え」と言い残す。さらに、切腹用に脇差が乗せてあった三宝が、床の真ん中に置いてあるのを見て「今朝はここがふさわしい」と、自ら三宝を移動させ、腹を召されたとされる。

茶杓の一節の入れ物には「羽与様」と、利休の直筆で書き込まれていた。「羽与様」とは三斎公のことであった。

「いいのですか」

宣紀が宇土を気にして聞いた。

「茶杓は太閤殿下の逆鱗に触れ、太閤殿下と敢えて反目し続けた利休宗易の結果の現しと思っておる。今の時代を生きよという、利休居士からの伝言である。宣紀を細川の継承者と幕府が認めた今だからこそ、継承してもらいたい名物である」

宣紀は「なるほど」と思った。

あの時代も今の時代も、根本は何も変わっていない。あるのは、今をどう生きるかということだけである。

「殿のご期待にそえますよう、拙者も日々…」

宣紀がそこまで言葉をつないだ時、炭点前を済ませた茂竹が茶道口の襖を開け、折敷に載せた膳を運びこんだ。

正客の綱利の折敷には、炊き立ての飯碗、葛で固めた水前寺海苔団子の白味噌汁碗、川魚の向付が載せてある。同じ構えの膳が、次客の宣紀の前にも丁寧に置かれた。

綱利と宣紀は、そのまま白飯を一口食べると、白味噌汁を口に運んだ。箸が進み、川魚の向付に綱利が興味を示した。

「茂竹、これは何という料理であるか」

「殿が以前からお好きな甲佐の簗場の鮎でございます。まだ若い鮎でしたので、背越しにしておりまする」

背越しとは、若鮎を骨ごと刺身にしたもの。酢味噌で食べると、鮎の薫り高い味と酢味噌の切れ味が溶け合い絶妙である。

「おぬしも数奇者らしい取り合わせをしてくるものだ。今宵の羽与様の茶杓に取り合わせて、忠利公のお手で作られた簗場から鮎を取り寄せるなど面白い」

皐月の成趣園には、満月の光が輝き始めている。懐石は煮物、焼き物と進み、茂竹が銚子を持ち二人の盃に注いだ。

「殿、細川にとって今の世の大義とは何かをご指南いただきとうございます」

宣紀は、綱利に心を向き合わせている。

「おお大義か。いまや幽斎様、三斎様、忠利公様の時代とは違い、赤穂の大石に代表すべき忠義が大義というものかと思うが、今や忠義は形ばかりのものとなっておる。敢えていうなら、家臣にとっては主君に尽くすことが忠義の真であり、我々の立場からすれば公儀に対しても同じことが言えるやも知れぬ」

綱利は、あの時をふと思い出した表情で語った。

大石良雄

元禄十五年十二月十四日（新暦では一七〇三年一月三十日）早朝、本所松坂町吉良屋敷に主君浅野内匠頭長矩の旧家臣たち四十七名が乱入、主君の仇として吉良義央の首級を上げ、泉岳寺の主君墓前に奉じた。

その前年、浅野長矩は、公儀から勅使饗応の御馳走人として伊予吉田藩伊達村豊と共に任命されている。吉良義央も饗応指南役として公儀から下知されていた。しかし、吉良義央は東山天皇のもとへ、将軍綱吉の年賀挨拶の幕使として上京中であった。

吉良義央が江戸に帰ったのは、三月二十八日（新暦による）であった。東山天皇からの勅使柳原資廉、高野保春と霊元上皇の院使清閑寺熈定の三名は、四月十八日（同）に江戸入りの日程となっていた。

吉良が江戸に帰ってから、勅使の江戸入りまで十日前後という切迫した時期であった。四月十八日（同）、勅使、院使は予定通り江戸に到着し、伝奏屋敷に入る。翌十九日（同）は江戸城内で勅使、院使による将軍綱吉への伝奏の儀。さらに、翌二十日（同）には、江戸城内において将軍からのもてなしとして、勅使、院使の猿楽能鑑賞が行われた。

事件は、二十一日（同）、江戸城松の廊下で起こる。浅野長矩が、指南役の吉良義央に切りつけたのである。勅使、院使による勅宣と院宣に対して将軍として、返事を奏上する「奉答の儀」の直前である。

将軍綱吉にとって、正式な儀典直前の城内での御馳走役責任者による刃傷事件は、我慢の限界を超えていた。朝廷に対する面目と城内法度違反ということで、浅野長矩は即日切腹、赤穂藩は改易と決定される。

浅野長矩は、取調後に陸奥国一関藩主田村右京大夫建顕の藩邸にお預けとなる。しかし、時を置かず、検使正使として公儀大目附庄田安利、副使として目附多門伝八郎重共、大久保忠鎮が遣わされ、罪状が宣告される。午後七時四十分過ぎ、一関藩邸庭先で浅野長矩の切腹が実行された。

先立つ午後六時過ぎには、浅野長矩の切腹後の事務として、一関藩主の田村建顕から弟の浅野長広に使者が送られ、遺体の引き取りを依頼している。浅野家からは、片岡高房、田中貞四郎、礒貝正久他三名が派遣され、主君切腹後に遺体を預かる。そのまま泉岳寺で葬儀となった。

この沙汰に反発したのが、赤穂の藩士たちであった。紆余曲折を経て刃傷事件から一年後、大石良雄らが本懐を遂げる。


赤穂浪士討ち入りの日、綱利（六十歳）は在府中で、例日のため江戸城内にいた。早朝からの城内の混乱の中で、老中稲葉正通より大石良雄はじめ赤穂浪士十七名を預け置く命が下され、初めて事件を知ることになる。

綱利は、すぐに藤崎作右衛門を伝令として細川家上屋敷へ走らせ、家老三宅藤兵衛に対応を指示している。伝令を受けた三宅藤兵衛は、泉岳寺に近い白金の細川下屋敷で浪士たちを引き受ける準備をしたが、浪士たちは泉岳寺から退去し、幕府の大目附仙石伯耆守久尚宅にいるとの情報が入る。そこで、あわてて手勢八百四十七名を揃え、引き取りに向かった。

三宅藤兵衛らは、午後十時に仙谷邸に到着。白金の下屋敷に浪士と共に帰り着いたのは、午前二時を回る深夜であった。綱利は、旧主君の果たせぬ目的を旧藩士たちが本懐したことに感銘し、浪士たちの到着を心待ちして起きていた。

綱利は浪士到着後、すぐに大石良雄（四十四歳）と二人だけで対面している。そこで、武士の本懐である「忠義」という意味を改めて知ることになった。大石は言葉を交わすにあたり、無礼の許しを頂き、武士として感謝の念を冷静に伝えた。事を起こすには理由があるが、今は満足感が漂っているとも話した。武士としての礼儀的挨拶とは思えぬ情が滲んでいた。

すぐに、綱利は家臣に命じ、浪士全員に二汁五菜の食事を出させ、菓子や茶などを提供した。早朝からの本懐行動で疲れもひとしおかと、一人ひとりに風呂を提供し、その夜は過ぎていった。

綱利は、この日から義挙を成し遂げた浪士たちに懇切な世話を続けた。連日、御馳走を提供し、公儀の許しも得て、煙草や酒も供した。しかし、義挙を果たした大石良雄は、綱利に、粗食で世話頂ければと諭している。

綱利は、大石と話すことを楽しみにした。ある日、大石と旧主君に対する「忠義」という話題になった。大石は、淡々と語った。

「今の太平な世の中において、忠義とは何をどう行うから忠義なのか、曖昧な時代かと思います。われらは、そんな時代だからこそ山鹿素行様から武士の心得を学びました。武士とは、常日頃、どのように考え、どのように行動すべきかということですが、一旦武士が『大義』ある覚悟を決め、その覚悟に沿えば自然と進むべき道も決められると…」

大石は話を続ける。

「山鹿様から『常の勝敗は現在なり』という言葉を授けて頂きました。すべて、今までこの言葉を軸として行動して参りました。義ある目的を達成するには、今をいかに過ごし、未来において自ら望む本懐へ結び付けるか。結果としての勝ち負けは、今の生き様で決まるものと思います」

綱利は、大石良雄の言葉に圧倒された。

大石は面白い話をした。

「武士にとって自らの生死を賭するとは、仕える主君やお家があっての生死であり、家臣として生涯担っていかねばならぬ責務であります。しかし、太平な世が続きますと、武士として自らの死を賭してまで向き合う主家と家臣との関係すら希薄になります。それは流れていく日々の日常があまりにも平穏であり、武士の精神的支柱である太刀すらも儀礼的に腰に差しているかのように思えてきます。今回の吉良屋敷への討ち入りは、浅野長矩様ご自刃直後の改易やら、お城の引渡しなど課題も多く、浅野家臣団の意向を常に得ながらの決断でござりました。つまり今回の討ち入りは、経過した時間の中で手立てを思案し、その思いが一つとなった結果だったのです。それでもわれわれとして一番気を付けたことは、内匠頭様が殿中で刃傷に走られた訳も分からぬまま、いきなり主君の恨みを晴らそうと吉良家に押し入ったとすれば、それは後先考えぬ軽挙でしかありません。主君の刃傷事件の真意はさて置き、お家再興をいかに図るかを優先させるべきで、家臣たちともそのことについて大いに議論し、私恨での討ち入りだけは避けるべきだと諭して参りました」

さらに大石は、義について語った。

「そして浅野大学様によるお家再興が消滅したとき、家臣として死を賭しても主君に対する『義』を果たすことが、浅野家で禄を食んできた者たちの使命かと思いました。結局、ご公儀のご政道に背く討ち入りという手段を選んだのですが、家臣として殿中で旧主君の果たせなかった屈辱への思いを引き継ぎ、主君に代わり、吉良義央への『恨』を成就させるため討ち入るしかありませんでした」

綱利は、ただ大石の言葉に聞き入るだけであった。最後に一言、尋ねたいことを大石に投げかけた。

「おぬしたちの今後は未だわかってはおらぬが、助命が公儀に認可されれば、いつでも細川の家に迎えるつもりじゃ」

大石ははっきりと答えた。

「細川殿、それはありがたきことなれど、ご勘弁頂きとうござりまする」

「はて、なぜに受けぬと申すか」

「われわれは助命されるより、見事に腹を切ることで内匠頭様への恩返しを貫徹しとうございます。そうすればわれわれの意志が歴史になります。またもし助命されれば、赤穂の浪士たちの本懐が薄まってしまうからに他なりませぬ」

綱利は、大石の意思の強さに感銘を受けた。大石たちに細川家への出仕を懇願する前に、幕閣に助命運動するが先だと考えた。

そして（討ち入りからも日も浅い、次第に気分も変わるやもしれぬ）と思えた。

義士切腹

綱利は、討ち入りの日から、大石たちの助命を有力幕臣たちに訴え続けた。助命ができれば、当家で引き取るとの嘆願書を公儀に提出もした。

しかし、元禄十六年（一七〇三）二月四日（新暦による）、幕府評定所から使者が遣わされ、全員の切腹が言い渡される。評定所では事件後に吉良家当主となっていた吉良義周を呼び出し、吉良家改易と義周の信濃諏訪藩高島への配流処分を下した。

切腹は、お預けの各大名（細川、毛利、水野、松平）の藩屋敷で即日に実行されることになった。綱利は、大石を座敷に呼び出し、改めて幕府評定所からの切腹の沙汰と吉良家のお取り潰しを伝えると、大石は深々と平伏して涙を滲ませた。

「おぬしたちの勝ちになったの」

綱利はため息混じりに、大石に語りかけた。

「内匠頭様も泉下でお喜びかと思います」

大石の返答は涙声で揺れていた。

「大石殿、われら藩主たちがおぬしたちの助命嘆願をすることはある意味政道に訴えるという意味もあった。なぜなら今までも江戸市中においては、おぬしたちの助命を願う空気に満ちている。もし公儀が助命と裁可すれば、今回の討ち入りを『武士の忠孝』として評価したことになる。世間においても、ご政道の情けある裁可に『見事』との評価を生むことができると思っておった。しかし公儀の裁決は意外であった」

「篤くお礼を申し上げます。われら四十七名の助命を頂いたこと承知しておりました。実は今回、主君の果たせなかった本懐を成就できたことを一番お喜び頂いたのは江戸城の上様ではなかったかと思います」

「ほう、なぜにそう思うのじゃ」

「赤穂にいたときも、京の山科におりましたときも、また江戸でも感じたことですが、ご公儀におきましては、昨今の武士たちの忠義に憂いを抱かれており、改めて『武士』の意味を全藩に伝播することを求めておられたと聞いておりました」

「大石殿、家臣たちの忠義心は薄れておると言われるのか」

「地方においてはともかく、江戸での旗本や直参たちの振るまいは目に余るものがございます。上様はそれを恐れていらっしゃったのではないでしょうか。今回われらが見事腹を召せば、公儀としては武士の本懐成就に対する『義』を改めて示すことができます。武士として、命を賭す意味を知らしめることになると思われます」

「となれば、おぬしたちは切腹することで公儀政道の見本になるというのか」

大石の次の言葉が、綱利の心に突き刺さった。

「われらの切腹は、ご公儀から『死を賜った』という名誉であります。武士の美学を果たしたことにもなります。自らの『死』を以て『志』を成就させるには、最上なる手段かと思います。今はただ皆様に感謝しかありませぬ」

　綱利は、大石という人物に最後まで圧倒させられた。

　今回の裁定に至るまで、公儀の有力者たちが賛否両論で揺れていたのは間違いなかった。忠義を達成した義士たちの助命を強く思っていたのは、将軍綱吉だったという。戦いなき時代を生きる武家に、緊張感など皆無であった。それ故に綱吉が将軍になると、武士としての「忠義」を全藩に喧伝していた。

　その中で発生した討ち入りである。悩んでいた綱吉は、新年の挨拶で江戸城を訪れた輪王寺門主の公弁法親王に、その後の処理を相談した。

　綱吉より若い公弁法親王は、意見を述べることなく、そのまま退室している。綱吉は、正妻鷹司信子の侍女が公弁法親王の叔母であったことから親しい関係であり、皇族からの恩赦嘆願であれば、世間も納得するとの思いであった。だが、公弁法親王からは期待していた言葉はなく、荻生徂徠が提唱した「切腹」との裁定を下すことになる。

　世間では、刃傷事件を起こした浅野長矩だけを切腹に処し、吉良義央には何の処置もなかったことで、綱吉への批判があった。

一方、荻生徂徠の論は、「浅野長矩の切腹は殿中での刃傷沙汰に対してのものである。今回の赤穂浪士の討ち入りは、殿中刃傷で浅野が切腹に追い込まれたことを吉良義央のせいであると勝手な認識をし、幕府の許しも得ず、旧主君の仇討ちとして旗本屋敷に徒党を組み押し入り、多数を殺害するは当然死罪」というものであった。

後日、公弁法親王は、「新年の挨拶に江戸城を訪ねたとき、綱吉と浪士たちの対応処置についてなぜ話さなかったか」と問われた。

公弁法親王は、「今回の事件は義挙だとはわかるが、本懐を遂げた者たちを助命し生かすと世俗に汚れることも考えられる。あの者たちの旧主君に対する忠義を後世にけがれなく残すには、切腹で死を与えるも情けというものである。間違いなく彼らもそれも求めているはずである」と。

大石たち十七名の切腹は、細川下屋敷で行われた。その際、綱利は大石良雄らの身分など考慮し、介錯人を自ら指名して切腹の段取りを行った。大石良雄には御歩頭の安場一平（四十一歳）を指名し、その他の者も小姓組から選抜している。

その日、中庭に設置された切腹場の回りには幕が張り巡らせれ、正面には大きめの屏風が立てられた。その横には、公儀検使役が陣取った。中庭に隣接する塀向こうの大座敷には、細川の家臣数十人が裃正装で立ち会い、隣の控え室には浪士と細川の世話人が列をなした。そして、切腹場を取り囲むように、遺体処理と切腹場の再設定を行う細川家臣が多数控えた。細川下屋敷は緊迫した雰囲気に包まれ、接待役の堀内伝右衛門たちは義士との今生の別れに落涙した。

最初に切腹に向かったのは、元浅野家家老の大石良雄であった。幕内に入る前、大石良雄は綱利に深々と頭を下げ、無言のまま、これまでの礼を伝えた。

大石が切腹場に消えた数分後、静寂の支配する中庭に安場一平が振り落とす介錯の刃音が響いた。見事な最期だと綱利は感じた。

その後、残る義士の切腹が行われ、半時（一時間）ですべてが終了した。

綱利は、切腹が終わると、高輪泉岳寺に義士の遺体を運び、丁重に埋葬している。さらに、旧主君の墓前近くに眠る義士のために、葬儀料として三十両、泉岳寺へのお布施として五十両を寄進した。

皐月の月光

それから五年の歳月が流れた。

綱利の心には、大石良雄と触れた短い時間だけが鮮明に残っている。最近は時々、大石たちの討ち入り装束を夢見ることもあった。紆余曲折を乗り越え、討ち入りを果たし、旧主人に忠義を遂げた者たちが身につけていた装束である。

「宣紀、これまで細川の生きてきた歳月をしっかりと見習ってほしい。八代の興長は浪費は抑えろと書状を送ってきたが、成趣園こそが、これからの細川には必要だと思う。ここに、幽斎様以来の細川の生き様がある。今がどのような時代であるかを知り、立ち向かっていくことが大事なのだ」

「宣紀も感じておりまする。殿がなぜに成趣園をお造りであるのかを…」

「すべては真摯なる愚直から始まるもの」

酔月亭の懐石も終わり近くとなった。

綱利と宣紀は、次のお濃茶の準備のため中立となる。二人は茶室で菓子を食べ、酔月亭の隣外にある腰掛に向かった。すでに月がやさしい白光を放っていた。成趣園も、月光で鮮やかに輝いて見える。白光は、二人の継承を促しているようであった。

「いにしえも　今もかわらぬ　世の中に　こころの種を残す　言の葉」

細川幽斎作

あとがき

数年前、自転車で転倒し脳挫傷という状態に陥ってしまった。しかも脳内は硬膜下血腫となっていて、転倒から二十時間経ってやっと意識が戻った。ただ出血した脳内部位が言語ボックスだったから堪らない…。

喪失した「言語」を取り返すには脳のリハビリは必須で、スピーキング・テラピストのいる病院を探すしかなかった。幸いにも水前寺成趣園そばの病院がそうで、自宅からも近く最適ということでお世話になることになった。

その病院は水前寺成趣園の参道から徒歩三十歩というところにあり、入院中の気分転換も含めて成趣園へと車いすで通うことになる。

しかし皐月の日差しが春らしく気持ちのいい昼間、古今伝授の間でお茶を楽しんでいると参観者が極端に少ないことに気づいた。過日、この公園には修学旅行生たちがあふれ、また園内のお店も土産を求めている人々で活気にあふれていた。

（なぜ、かくも水前寺公園が閑散としているのか…？）

ついには入院中の私の究極なる命題になってしまった。そして脳のリハビリとして書き出したのが、本編の小説である。

　熊本という土地柄は南北朝時代から「一所懸命」に生きてきた土地だった。それも自然の摂理か、阿蘇の恩徳がすべて有明の海に注がれ、その途中にある平野は鉱物系の含まれた黒い土で満たされていた。農耕手法が次第に発展するなか、土地に生きる人々は経済的潤いが増してくる。そして誰にも頼らぬといった独立性が生まれ、しかも時代が進むにつれてその独立性は、外様者までも寄せつけないほどの気概（肥後ナショナリズム）となっていく。

　ただ問題は阿蘇水系の根幹である「白川」である。肥後人がせっかく肥沃な土地を経済性の高い生産地にしようとインフラしたとしても、それも束の間…。阿蘇で激しく降った雨は平野に到達するや、暴れ川と変貌し、活用していた土地すべてを呑み込んでは消滅させていた。

　そんなとき加藤清正が熊本北半の領主となる。前任の佐々成政の愚策を反面教師とし、清正は当時の経済的基盤である米の年間収量を維持すべく「治水」という政策で肥後の人心掌握とした。しかも治水土木工事は、農閑期を基軸に施策実行され、日々の農作業を圧迫することなく、土木労働の対価として賃金を支払っての工事であった。当然、清正に対する肥後人の評価は高まる。しかし肥後に於ける加藤時代とは、加藤清正から忠広の改易まで四十四年間という短い月日でしかなかった。その後の肥後経営は細川忠興、忠利親子に託されることになる。

細川家は明治維新まで肥後を統治していたのだから、なんと二百三十六年もの間、肥後の経営に携わることになる。その時間の経過の中で最大に気を配ったのが清正に対する崇敬的態度である。熊本城内には加藤神社を創建し清正を祭神として祀り、また加藤家の菩提寺である本妙寺が成り立つようにと寺領を認めている。さらに清正が伏見稲荷から分霊し、熊本城を築城する際、「築城神」として城内に祀っていた稲荷社（白髭大明神）もそのまま天守閣横に鎮座させていた。

また肥後に細川家がもたらした最大なる財産として「雅文化」がある。その文化は、元々細川家が京都で育まれた家系であるが故の質の高さで、現在熊本にある古流茶道を含め古典文化は殆ど細川家からもたらされたと言っても過言ではない。

脳リハビリで通っていた「古今伝授之間」は元々京都御所の中にあった建物で、桂宮智仁親王の書院だったところである。先の西南戦争のとき、薩軍と官軍との攻防は水前寺も戦場と化し、忠利が造った「酔月亭」という歴史深き茶室も焼失してしまった。その後、時も流れ大正年間に近隣の住民たちが成趣園の復興を願い水前寺の活性化を始めるに至って、細川家から現在地に移築された建物である。
そんな歴史を感じながら古今伝授之間で肥後銘菓である「加勢以多」をかじりながら抹茶を楽しんでいると、園内を細川綱利が歩いているような気がするから不思議なものだ。小説として描いた登場人物は私なりに人間臭い魂を移入して書いてみた。そんな人物感があってこそ水前寺成趣園が生き返ってくるように思えたからだ。成趣園が何故に造成されたのか、その意味をこの小説で感じていただければ、きっと湧水の湧く音さえ人の息に聞こえてくるだろう。

平成二十七年十月二十八日

南　良輔

虹彩後談

① 丹後　宮津城（みやづじょう）

所在地　京都府宮津市鶴賀
　城郭は今なく、宮津小学校に城門が残る。宮津駅から大手川までが城域。
　近畿タンゴ鉄道宮津駅下車徒歩十分

天正七年（一五七九）、細川藤孝（幽斎）は信長の命により、丹後国を攻め、国主であった一色氏を懐柔し織田に従わせることに成功する。その功により細川藤孝に丹後国が与えられ、宮津に城を築くことになった。

ただ天正十年（一五八二）に発生した本能寺の変で一気に政治状況が変わっていく…しかし山崎の戦いが終わるや、幽斎は羽柴秀吉から明智光秀を支援した娘婿の一色義定を誅殺するよう命じられ、結果、この事件で幽斎親子は娘の伊也から生涯、恨まれることになった。あるとき伊也は、不意に兄の忠興に切りつけ、鼻を裂いたと言われている。またこの城は関ヶ原が始まる直前、宮津城では石田勢との戦いが不利と判断され、幽斎の命で城は焼き払われ、田辺で一戦を迎えることになった。

幽斎親子の苦渋の決断や、伊也の悲しみの現場となった城は、いまは過去の歴史の中にある。

② 丹後　田辺城(たなべじょう)

所在地　京都府舞鶴市南田辺一五―二二
昭和十五年に二層櫓、平成四年に本丸櫓門が再建された。
ＪＲ舞鶴線西舞鶴駅下車徒歩五分

慶長五年（一六〇〇）関ヶ原の戦いが勃発する直前、幽斎は田辺城に入城し、石田勢の攻撃に備えるが、細川勢は三男の幸隆と共に手勢五百余人という弱小防御軍であった。田辺城はすぐさま、石田三成の家臣である小野木重勝や前田玄以の子茂勝が率いる西軍一万五千人もの大軍で包囲されてしまう。それから五十日間にも及ぶ攻防戦が繰り返されているが、そんな逼迫した状況下、藤孝は自身のもつ「古今伝授の奥義書」が戦火で失われることを危惧し、それを後陽成天皇に献上した。

ただ幽斎を失うことを避けたかった天皇は直ちに西軍側に攻撃をやめるように勅命を出した。結局、その重き勅命は双方に和議勧告となり、直ちに田辺城が開城され、幽斎をはじめ細川勢は悠々と敵将前田茂勝の丹波亀山城に入ることになる。

なんとも幽斎の一歩も譲らない凛とした意地を感じてしまう出来事であったが、戦国時代という断崖なる時間枠内で、天皇自ら和議を勧告するなど、この田辺城攻防以外にはなかったことである。そんな田辺城は現在、舞鶴の空の下、幽斎と幸隆の在りし日を後世に伝えている。

③ 水前寺成趣園

所在地　熊本県熊本市中央区水前寺公園八―一
　市電・市バス水前寺公園前下車徒歩五分

熊本市中央区にある大名庭園で通称は水前寺公園。豊富な阿蘇伏流水の湧き出す池を中心に、桃山式回遊庭園が造園されており、園内は築山や浮石、芝生、松などの植木で東海道五十三次の景勝を模したといわれている。

初代藩主細川忠利が寛永十三年（一六三六）頃から築いた「水前寺御茶屋」が始まりで、肥後三代藩主　細川綱利のときに泉水・築山などが作られ、現在の形になっている。また陶淵明の詩「帰去来辞」の一節「園日渉以成趣」からとって「成趣園」と名付けられた。現在は古今伝授の間で抹茶と和菓子で庭園の全景を楽しむことができる。

④ 北岡自然公園（きたおかしぜんこうえん）

所在地　熊本県熊本市中央区横手二丁目五―一
　　　　ＪＲ熊本駅下車徒歩十五分

熊本細川藩の初代藩主・細川忠利は、寛永十八年（一六四一）三月十七日、熊本花畑邸で没したが、忠利の後を継いだ光尚は、父忠利の追善のために同十九年（一六四二）十一月に寺院を建立している。その翌年、沢庵和尚と宗栄和尚が住職となって、忠利の院号から妙解寺と名付けられた。

現在、妙解寺跡は熊本市の北岡自然公園として市民に開放されていて、ここは「熊本藩主細川家墓所」として泰勝寺跡（龍田自然公園）とともに国の史跡に指定されている。

公園の奥へ進むと石段があり、そこを登ると忠利夫婦と光尚の三つの霊廟があり、ここは、熊本藩の基礎を確立した忠利が眠る特別な場所として、藩祖廟と呼ばれている。

また霊廟の周りには、忠利と光尚の殉死者の墓碑が三十基並んであり、藩主の死に従った者たちの凄みすら溢れている。また忠利の殉死者の墓碑の中には、阿部弥市右衛門の名をみつけることができるが、この事件を題材としたのが森鴎外の有名な小説「阿部一族」である。さらに墓所の奥には、赤穂事件で吉良邸に討ち入った後の大石内蔵助らを預かって丁重に遇したことで知られる藩主・綱利や、宝暦の改革で知られる六代藩主・重賢などの墓所もあり、細川家の歴史がしのばれる場所となっている。

⑤ 松井神社（まついじんじゃ） 旧八代城 北の丸

所在地 熊本県八代市北の丸町二―一八
JR八代駅下車徒歩二十分。駅のレンタサイクルが便利。

明治十四年（一八八一）、松井家にゆかりのある人々により創建された神社である。またこの小説後半に登場する「北の丸」という忠興の茶室があった場所でもある。

この神社の祭神は、肥後細川家の筆頭家老であった松井康之と二代目の興長である。境内地は、元和八年（一六二二）に加藤正方の母である妙慶禅尼の隠居所を建てた場所で、加藤家改易後は細川忠興（三斎）の隠居宅となり、その後、忠興が亡くなると松井興長が八代城主となり、松井家代々の居住地となっていた。

境内にある樹齢三百数十年の梅の名木臥竜梅（がりゅうばい）は有名で、細川忠興（三斎）が「八代から百花の魁となる人材出でよ」と念じて、自ら植えたと伝えられている。

元々、この神社から西側は八代海で浜辺であったところから、現在も松の木が茶庭にあるのが往時を偲ばせている。

⑥ 摂取寺（せっしゅじ）

所在地　熊本県宇城市小川町北部田五三三
　　　　JR小川駅下車徒歩四十分。坂なしの平たん地、歩きごたえあります。

この寺は一五三二年から一五五八年にかけて戦乱で大破し、寺の存続もこれまでかという状態になったが、寛永年間（一六二四年―一六四四年）に再建されたとの伝えがある。ちょうど小倉から細川忠利が熊本へ転封された時期と重なっている。

また、一切経で知られる黄檗宗の禅僧・鉄眼道光の事を記した「鉄眼禅師行実」には、寛永十九年（一六四二）の十三歳の時より十七歳まで、摂取寺の海雲和尚について仏教の勉強をしたとある。この小説の中でも海雲和尚こと細川興秋が久しぶりに兄の忠隆と再会する場面に登場する少年となっている。

以上のことからも、この寺院は阿蘇氏の古文書にも寺名が出てくることから、歴史は少なくとも五百年以上に及ぶと言われている。また藩主細川家の四人（二代忠興、三代忠利、四代光尚、宇土支藩初代行孝）の位牌が現存しており、細川家と関係が深かったことがわかる。

細川幽斎　虹彩奇譚

二〇一六年二月二十四日　第一刷発行

著　者　南　良輔
発行者　南　良輔
制作・発売　熊日出版
〒860-0823　熊本市中央区世安町一七二
電話096-361-3274
編　集　里山通信社
装　丁　中川哲子デザイン室
表紙絵　庭田　幸夫（こがし絵）
印　刷　株式会社城野印刷所

ISBN978-4-908313-10-3